浩瀚经典宝库

灿烂的散文

胡元斌 ◎ 编著

北方妇女儿童出版社
·长春·

版权所有 侵权必究

图书在版编目(CIP)数据

灿烂的散文 / 胡元斌编著. —长春：北方妇女儿童出版社，2017.4（2022.8重印）

（浩瀚经典宝库）

ISBN 978-7-5585-0922-3

Ⅰ.①灿… Ⅱ.①胡… Ⅲ.①古典散文-介绍-中国 Ⅳ.①I207.62

中国版本图书馆CIP数据核字（2017）第055074号

灿烂的散文

CANLAN DE SANWEN

出 版 人	师晓晖
责任编辑	吴 桐
开 本	700mm×1000mm 1/16
印 张	6
字 数	85千字
版 次	2017年4月第1版
印 次	2022年8月第3次印刷
印 刷	永清县晔盛亚胶印有限公司
出 版	北方妇女儿童出版社
发 行	北方妇女儿童出版社
地 址	长春市福祉大路5788号
电 话	总编办：0431-81629600

定 价 36.00元

序言

习近平总书记说："提高国家文化软实力，要努力展示中华文化独特魅力。在5000多年文明发展进程中，中华民族创造了博大精深的灿烂文化，要使中华民族最基本的文化基因与当代文化相适应、与现代社会相协调，以人们喜闻乐见、具有广泛参与性的方式推广开来，把跨越时空、超越国度、富有永恒魅力、具有当代价值的文化精神弘扬起来，把继承传统优秀文化又弘扬时代精神、立足本国又面向世界的当代中国文化创新成果传播出去。"

为此，党和政府十分重视优秀的先进的文化建设，特别是随着经济的腾飞，提出了中华文化伟大复兴的号召。当然，要实现中华文化伟大复兴，首先要站在传统文化前沿，薪火相传，一脉相承，弘扬和发展5000多年来优秀的、光明的、先进的、科学的、文明的和自豪的文化，融合古今中外一切文化精华，构建具有中国特色的现代民族文化，向世界和未来展示中华民族具有独特魅力的文化风采。

中华文化就是中华民族及其祖先所创造的、为中华民族世世代代所继承发展的、具有鲜明民族特色而内涵博大精深的优良传统文化，历史十分悠久，流传非常广泛，在世界上拥有巨大的影响力，是世界上唯一绵延不绝而从没中断的古老文化，并始终充满了生机与活力。

浩浩历史长河，熊熊文明薪火，中华文化源远流长，滚滚黄河、滔滔长江是最直接的源头，这两大文化浪涛经过千百年冲刷洗礼和不断交流、融合以及沉淀，最终形成了求同存异、兼收并蓄的辉煌灿烂的中华文明。

中华文化曾是东方文化的摇篮，也是推动整个世界始终发展的动力。早在500年前，中华文化催生了欧洲文艺复兴运动和地理大发现。在200年前，中华文化推动了欧洲启蒙运动和现代思想。中国四大发明先后传到西方，对于促进西方工业社会形成和发展曾起到了重要作用。中国文化最具博大性和包容性，所以世界各国都已经掀起中国文化热。

中华文化的力量，已经深深熔铸到我们的生命力、创造力和凝聚力中，是我们民族的基因。中华民族的精神，也已深深根植于绵延数千年的优秀文

序言

化传统之中，是我们的精神家园。但是，当我们为中华文化而自豪时，也要正视其在近代衰微的历史。相对于5000年的灿烂文化来说，这仅仅是短暂的低潮，是喷薄前的力量积聚。

中国文化博大精深，是中华各族人民5000多年来创造、传承下来的物质文明和精神文明的总和，其内容包罗万象，浩若星汉，具有很强的文化纵深感，蕴含丰富的宝藏。传承和弘扬优秀民族文化传统，保护民族文化遗产，已经受到社会各界重视。这不但对中华民族复兴大业具有深远意义，而且对人类文化多样性保护也有重要贡献。

特别是我国经过伟大的改革开放，已经开始崛起与复兴。但文化是立国之根，大国崛起最终体现在文化的繁荣发展上。特别是当今我国走大国和平崛起之路的过程，必然也是我国文化实现伟大复兴的过程。随着中国文化的软实力增强，能够有力加快我们融入世界的步伐，推动我们为人类进步做出更大贡献。

为此，在有关部门和专家指导下，我们搜集、整理了大量古今资料和最新研究成果，特别编撰了本套图书。主要包括传统建筑艺术、千秋圣殿奇观、历来古景风采、古老历史遗产、昔日瑰宝工艺、绝美自然风景、丰富民俗文化、美好生活品质、国粹书画魅力、浩瀚经典宝库等，充分显示了中华民族厚重的文化底蕴和强大的民族凝聚力，具有极强的系统性、广博性和规模性。

本套图书全景展现，包罗万象；故事讲述，语言通俗；图文并茂，形象直观；古风古雅，格调温馨，具有很强的可读性、欣赏性和知识性，能够让广大读者全面触摸和感受中国文化的内涵与魅力，增强民族自尊心和文化自豪感，并能很好地继承和弘扬中国文化，创造未来中国特色的先进民族文化，引领中华民族走向伟大复兴，在未来世界的舞台上，在中华复兴的绚丽之梦里，展现出龙飞凤舞的独特魅力。

目 录

强劲发轫——先秦散文
文史哲为一体的儒家散文　002
道家散文及其他诸子散文　007

延续转变——两汉散文
014　汉赋的起源形成与兴盛
019　司马迁著作开创传记文学
023　《汉书》和其他汉代散文

深化发展——六朝散文
汉魏之际和魏晋之际散文　030
声情并茂的西晋抒情散文　036
朴实自然的东晋情志散文　041
南朝散文开启骈俪之风　045
保持清新简洁的北朝散文　050

目 录

全面成熟——唐宋散文

柳宗元创造性的散文成就　056

欧阳修风范卓越的散文　062

苏轼开创鼎盛的散文格局　068

力求新变——明清散文

076　明代前期和中期各派散文

081　体现时代的晚明小品文

085　继承并发展的清代散文

强劲发轫 先秦散文

我国古代散文的发端，可以追溯至殷商时代。在商朝的甲骨卜辞中，已经出现不少完整的句子。西周时期的青铜器上常刻有长达三五百字的铭文，这些句子和铭文就是我国最早的散文。

先秦时期中的春秋战国时期，是先秦散文蓬勃发展的阶段，出现了许多优秀的散文著作。当时的散文，基本上是哲学、政治、伦理、历史方面的论说文和记叙文，可分为两种，一种是历史散文，另一种是诸子散文。

从总体上看，先秦散文是我国古代散文的发轫，在先秦时期，我国古代散文开创了一个极好的开局。先秦散文在史学和文学方面，树立了榜样，对后世史学和文学的创作和发展产生了极为深远的影响。

文史哲为一体的儒家散文

春秋战国时期，各种思想流派的代表人物纷纷著书立说，宣传自己的社会政治主张，这就形成了诸子散文。诸子散文思想迥异，风格各异。

■ 孔子画像

儒家散文是诸子散文中非常重要的组成部分，是记录儒家学派思想言论的，对我国文学和哲学的发展有着巨大的影响。儒家散文主要包括《论语》《孟子》《荀子》。

《论语》以语录体和对话文体为主，叙事体为辅，记录了儒家创始人孔子及其弟子的言行，集中体现了孔

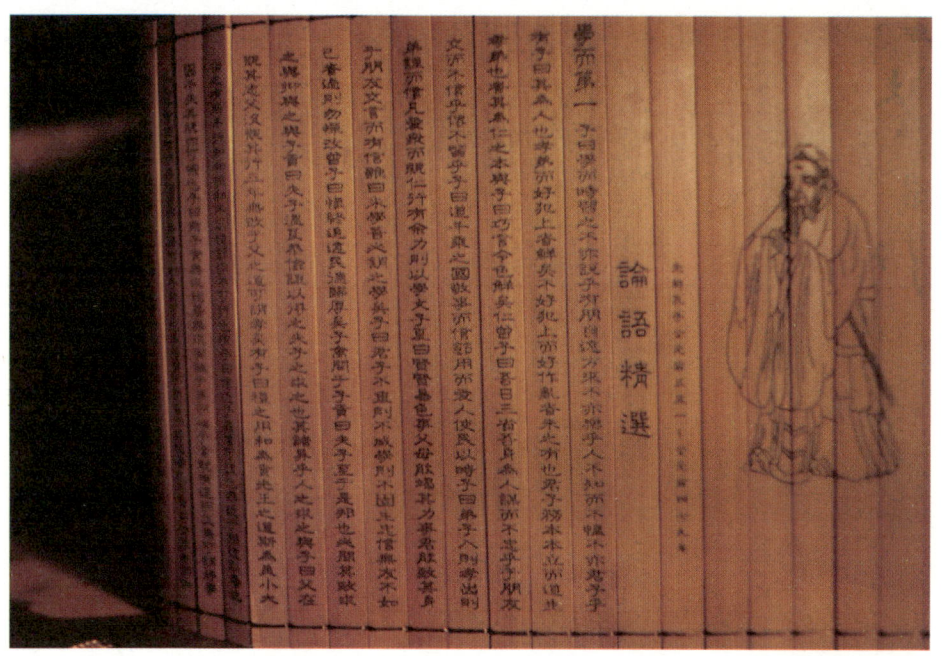

■《论语》竹简

子的政治主张、伦理思想、道德观念及教育原则等。

孔子是《论语》描述的中心，书中不仅有关于孔子仪态举止的静态描写，而且有关于他的个性气质的传神刻画以及他思想观念的朴实表达，具有浓郁的文学意味。

《论语》基本是口语，通俗易懂，文字简括，一般只述说自己的观点，而不加以充分的展开和论证，从而形成质朴的语言风格。《论语》还带有浓郁的诗味，给人以悠然神远之感。

《论语》中有很多言简意赅、富有哲理与启示性的语句，这些语句大多抑扬顿挫，朗朗上口。另外，《论语》中还运用了很多灵活多变的修辞手法，从而使语言更加含蓄、形象、生动。《论语》的语言达到了贴切、通俗、精练的境地，形成了字稳句妥、文笔流畅的特色。

语录体 是我国的一种文体。常用于门人弟子记录导师的言行，有时也用于佛门的传教记录。因其偏重于只言片语的记录，不重文采，不讲篇章结构，不讲篇与篇之间甚至段与段之间的时间及内容上的必然联系，故称之为语录体。

■《孟子》书影

《孟子》也是一部重要的儒家散文经典著作，主要记录了战国时代邹国思想家孟子的言行。是"四书"之一。

孟子是战国中期仅次于孔子的儒家大师，唐代以后受到推崇，宋代以后被封为"亚圣"，意即仅次于圣人。

《孟子》由《论语》的语录体发展而来，详细地记录了孟子谈话的场合和所涉及的人和事，记录了孟子和谈话对象意见的分歧、双方展开辩论的过程和各自的情态，增加了形象描写成分，再现了孟子的性格、情感、心理活动和人格精神。

从《论语》到《孟子》有逐渐向成熟的说理文过渡的趋势，代表了论说文章形式构造向前发展的过渡阶段。

《孟子》中的对话充满了论辩性，其气势雄健，书中，孟子在各诸侯国诸侯面前总是高谈阔论、纵横捭阖，有时犯颜诘问，有时因势利导，尤其善于掌握对方心理，从容陈词，步步紧逼，有着纵横家的气概。

《孟子》中的《梁惠王》上的《齐桓晋文之事》章、《滕文公》上的《陈相见孟子》章、《告子》上的《性犹杞柳也》章等，都层层深入记录了孟子同他所谈话对象的不同政治观点、不同学术思想的

寓言 是以假托的故事或拟人的手法说明某个道理或进行劝喻、讽刺的文学作品。特点是篇幅大多简短具有鲜明的哲理性和讽刺性；运用夸张和拟人等修辞手法。

四书 儒家经典的书籍。指的是《论语》《孟子》《大学》和《中庸》，在古代，这些书的内容是学子们考试必考的部分。四书通常和五经连在一起使用，被称为"四书五经"，五经指的是《诗经》《尚书》《礼记》《周易》《春秋》。

论辩过程,论中有辩、说中有诘,体现了《孟子》长于辩论、论战性强、言辞机敏、感情激越的风格特色。

《孟子》还善于使用比喻说理,这些比喻浅显平易而且生动活泼、灵活巧妙而又准确贴切,取材大多是人们身边常见的生活现象和直接体验。对于不同的谈话对象,孟子总是能够根据他们的不同身份、爱好,联系密切的身边事物进行比喻。

《孟子》中还有数量不多,但很精彩的寓言故事,这些寓言故事也多是取材于社会生活,包含着深刻的讽刺教诲意义。故事中所描写的人物具有典型意义。故事情节多数不以荒诞取胜,而以描述的生动性见长。

> **说理文** 即议论文,是对某个问题或某件事进行分析、评论,表明自己的观点、立场、态度、看法和主张的一种文体。说理文有三要素,即论点、论据和论证。说理文应该观点明确、论据充分、语言精练、论证合理、有严密的逻辑性。

《荀子》是战国末年著名赵国思想家荀况的著作,记录了荀况的自然观、认识论以及伦理、政治和经济思想。

《荀子》涉及面较广,内容主要包括哲学、政治、经济、历史、军事、文学等方面。《荀子》很多文章每篇专论一个理论问题,标志着专题论文的出现。

每篇有一个揭示主旨的标题,而且围绕中心观

■ 荀子画像

点层层深入地展开论述。这种以论为题的文章，成为后世"论"文体的鼻祖。

《荀子》的论文具有多种显著的特色，文章立意统一，体制宏伟，不但结构完整、构思绵密、论证周详、条理明晰，具有极强的逻辑性，而且气势磅礴。

《荀子》的文风平易朴实，亲切自然，讲道理不以巧辩和气势取胜，而是侃侃而谈，反复申说，有一种温文尔雅、谆谆教导的意味。《荀子》论述时特别重视运用修辞艺术，时常引物连类，设喻说理，呈现出一种儒雅之气。

此外，《荀子》还善用整齐对称的排比和骈偶句式。排比与骈偶结合，紧凑纤密，富于气势。有时很注意节奏感与整饰性，表述充分而畅达。有时配合以和谐的音韵，组成整齐排句，形成了具有音乐性的句法。

《荀子》代表着议论散文的成熟，从《荀子》开始，议论散文才正式成为一种独立的文体，构成散文中的一个重要的部类。

> **阅读链接**
>
> 《论语》朴实含蓄、雍容和雅、言简意丰,不论在形式上,还是在语言上都为以后各家学派散文的发展奠定了一个良好的基础,也促使了墨、道、名、法等各家风格多样、生动活泼的散文的出现。
>
> 《孟子》和《论语》相比较会觉得《孟子》所取题材比《论语》广泛得多,《孟子》所反映的现实面貌和社会问题比《论语》复杂得多,《孟子》的笔调显得比《论语》更为流利、酣畅,《孟子》的语言技巧显得比《论语》更为多样、巧妙。
>
> 发展到《荀子》已形成首尾完整、层次清晰、论证严密,是较为成熟的专题论文。

道家散文及其他诸子散文

诸子散文中除了儒家散文，还有道家散文、墨家散文、法家散文、兵家散文以及其他学派众多散文等。它们分别代表了先秦散文的不同风格特色。

《老子》又称《道德经》《五千言》《老子五千

■《道德经》又称《道德真经》《老子》《五千言》《老子五千文》，是我国古代先秦诸子分家前的一部著作，为其时诸子所共仰，传说是春秋时期的老子所撰写，是道家哲学思想的重要来源。道德经分上、下两篇，原文上篇《德经》、下篇《道经》，不分章，后改为《道经》37章在前，第38章之后为《德经》，并分为81章。是我国历史上首部完整的哲学著作，被华夏先辈誉为"万经之王"。

老子《道德经》

韵脚 诗、词、歌、赋等韵文句末押韵的字。因为押韵的字一般都放在一句的最后，故而称为"韵脚"。而且这些字的韵母要相似或相同。

荆楚文化 周代至春秋时期在江汉流域兴起的一种地域文化，主要是指以当今湖北地区为主体的古代荆楚历史文化。荆楚文化是中华民族文化的重要组成部分，其源远流长，博大精深，具有鲜明的地域特色和巨大的经济文化开发价值。

文》等，是道家最重要的著作，相传是春秋时期，楚国思想家老子所撰写。

《老子》流传下来的共81章，5000余言。没有标题，章与章之间也没有有机的联系。

《老子》是记录老子哲学思想的著作，是一部具有完整理论体系的哲学著作，它所阐述的"道""德""有""无""太极""无极""自然""无为"等概念，对后世十分有影响，表现出古代哲学博大精深的一面，对后世的哲学发展起到了引导和推进作用。

《老子》是采用语录体韵文的形式，析理精微，文辞简练，语言富有理趣，既有哲理的特征，也有诗歌的色彩。它开创了一种与《论语》不同的思维表达方式。

《论语》是用概括性的语言对经验性的结论作陈述，而《老子》则是用思辨性的语言对抽象性的哲理体验作表述。

《老子》具有很强的逻辑性，每章都围绕着一个中心加以简要论述。书中的很多命题，有的已经进行了初步的分析推理和论证，有的是从个别到一般的归纳论证，还有的是从一般到个别的演绎论证，文字言简意赅，处处闪烁着智慧之光。

老子善用具体的形象描述出抽象而深奥的哲理。他善于观察自然和社会现象，从具体事物中概括出抽象的哲理，赋予理论以形象色彩，使人感到既鲜明生动而又雄辩有力。

《老子》一书中句子大体整齐而富于变化，自然成韵，不拘一格，创造了一种散、韵结合的语言形式，有的整章用韵，韵脚随句意和节奏灵动自然地变换，读起来有一种适意和谐、朗朗上口的音乐美。《老子》全书深蕴着一种朦胧的诗意，具有散文诗的特征。

《庄子》又称《南华经》，是另一部道家的重要著作，为战国时期宋国思想家庄周和他的门人以及后学所著，主要记录了庄周学派的哲学思想，其中主要是庄子的思想。

《庄子》具有独特的风格，主要表现为汪洋恣肆，仪态万方，他开创了荆楚文化浪漫主义风格，其散文艺术成就是多方面的，开辟了散文艺术新境界。

庄子的散文刻画现实，反映现实，它不是描写眼睛所看到的现实情景，而是从对现实的否定立场出发，描绘着自己的追求，编织着自己的幻想，想象大胆奇特、

> **韵文** 古时诗文的一种表现形式，指作诗时先规定若干字为韵，各人分拈韵字，依韵作诗。韵文是讲究格律的，通常大多数韵文要使用同韵母的字作句子结尾，要求押韵的文体或文章有赋、诗歌、词曲等。

■ 庄子名周，字子休，道教祖师，号南华真人，为道教四大真人之一，东周战国时期宋国蒙人。我国战国时期著名的思想家、哲学家、文学家，道家学说的主要创始人之一。庄子祖上系出楚国公族，后因吴起变法楚国发生内乱，先人避夷宗之罪迁至宋国蒙地。庄子生平只做过地方漆园吏，因崇尚自由而不应同宗楚威王之聘。是老子思想的继承和发展者。后世将他与老子并称为"老庄"。他们的哲学思想体系，被思想学术界尊为"老庄哲学"。代表作品为《庄子》以及名篇有《逍遥游》《齐物论》等。

老子画像

丰富多彩，笔触挥洒自如，意境恢弘壮阔，富有浪漫主义色彩。

庄子的这些奇特丰富的想象是用虚构的手段、夸张的手法，通过各种比喻、寓言体表现出来的。除了丰富奇特的想象，《庄子》还创造了千奇百怪的奇特浪漫的艺术形象，而且对世态人情的各个层面进行了逼真的描摹和精妙的刻画。

《庄子》的语言高度形象化，运用了多种修辞手法。其语言词汇极为丰富，庄子将其运用得得心应手，他善于用不同的词汇对事物进行细致的描绘。一些直接阐发议论的篇章，往往能融叙事、说理、抒情于一体，文句整饬，气势通畅，具有很强的煽动性。

《墨子》一书是战国初期思想家墨翟及墨家学派的言论汇集，相传为墨子的弟子所记。《墨子》多数文章还保留了语录体对话形式，但有些篇章已基本上初具论说文的规模。

《墨子》思想自成体系，其文章也颇富逻辑性，它讲究论证方法，善用具体事例说理，并善于从具体问题的论争中明辨是非，表现了论说文的发展。

《韩非子》是法家的代表作，是战国末期哲学家、法家思想集大成者、散文家韩非所著。

《韩非子》中的文章大部分是政论文，内容丰富，体裁多样，立意高远，分析周密精辟，表现出一种严峻犀利、锋芒毕露的风格。《韩非子》重于辩驳，在具体论证上，韩非善于从具体事实出发，揭示出事物和现象的内在矛盾，最后步步为营推演出原则性结论。

　　《韩非子》中有很多各种形式的寓言故事，这些寓言故事形式简短，结构紧凑，情节生动，蕴含的道理发人深省。

　　这些寓言故事主要取材于历史事迹和现实，很少有拟人化的动物故事和神话幻想故事，没有超越现实的虚幻境界和人物。韩非的寓言形象化地体现了他的法家思想和他对社会人生的深刻认识。

　　《韩非子》的语言比较朴实，不太讲究文辞和文采，有时通篇使用流畅的韵语，也很有诗意。

　　《孙子》又名《孙子兵法》，是春秋时期军事家孙武所著的兵书。其成书年代约与《论语》相近，而在战国时期可能曾得到过加工润饰。《孙子》一书虽是纸上谈兵，却不是夸夸其谈之作，而是内容充实的好文章。

　　全书结构严谨，每篇中心突出，层次分

■ 韩非子（约前280~前233），又称韩非，战国末期韩国思想家、哲学家、政论家，法家的代表人物。他是韩王室宗族，韩王歇的儿子。据记载，韩非精于"刑名法术之学"，与秦相李斯都是荀子的学生。韩非文章出众，连李斯也自叹不如。他的著作很多，有《孤愤》《五蠹》《内外储》《说林》《说难》等著作。主要收集在《韩非子》一书中。

明，语言简练，文风质朴，大量运用排比和比喻，形象生动，充分体现了论兵而能文的特点。

除了这些学派散文，诸子散文还有法家的《商君书》、兵家的《孙膑兵法》、杂家的《吕氏春秋》、传奇志异文《山海经》、名家的《公孙龙子》等，也都各有文采可观，并从不同的角度影响了后世散文的发展。

诸子散文是以议论说理为主的，其在结构形式上有着明显的进步，对说理散文形式的发展起了很大的推动作用。

诸子散文由于思想理论体系不同，观察和反映世界的角度不同，因而造成了思维方式的不同和基本表达方式的差别。其风格的多样化对后世散文发展的影响是巨大而显而易见的。

阅读链接

《庄子》一书中充满了浪漫主义色彩，庄子的浪漫主义的想法与庄子的为人是分不开的，庄子一生鄙视富贵利禄，甘愿过着清贫的生活，他强调顺乎自然，合乎天道，提倡无为而有为。

在这种相对论式的思想中，庄子为我们创造了巨大的想象力，同时也留下了许多令人微笑会意的言行故事。

有这样一个小故事：庄子的老婆不幸死了，庄子不但不悲痛，反而鼓盆而歌之。

还有一次，庄子说他曾在梦中变为蝴蝶，仿佛真的是蝴蝶了，不知道自己本来是庄周。醒来以后，意识到自己还是庄周，因此他说：不知是庄周在梦中变为蝴蝶呢？还是蝴蝶在梦中变为庄周？

在庄子看来，如果达到了这种忘景、忘形、忘物、忘我，与物俱化、物我不分的情境，就是修养达到了最高的境界。

延续转变

两汉散文

到了两汉时期,散文有了很大的发展,两汉散文是先秦散文大发展之后的继续和变化发展时期,呈现出一种新的气象。

两汉的散文在许多方面继承先秦传统而有所发展,涌现出了许多著名的散文家。汉赋是在汉代涌现出的一种有韵的散文,在两汉400年间,一般文人多致力于这种文体的写作,因而盛极一时。

虽然汉赋盛极一时,但汉代散文最高代表却不是汉赋,而是司马迁所著的《史记》。无论从哪方面来看,《史记》都将汉代散文推向了最高峰。

两汉散文前承春秋战国"百家争鸣"之风,下启魏晋南北朝散文之端,被公认为汉代文学的主要部分。两汉散文与先秦散文一起构成了我国古代散文发展的第一个高峰。

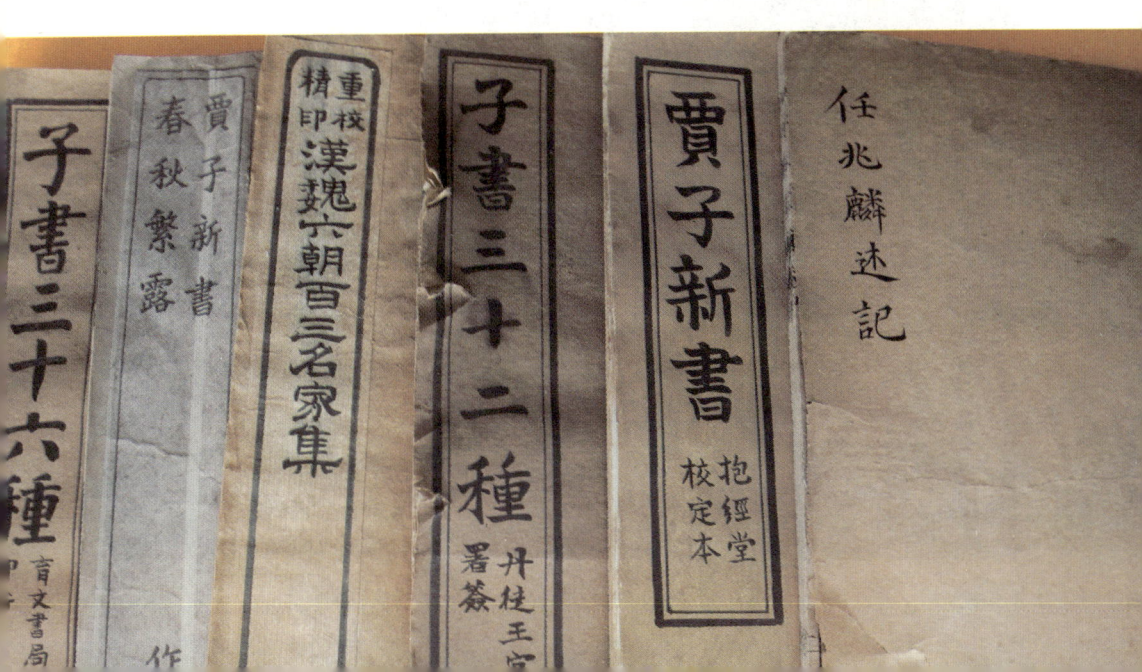

汉赋的起源形成与兴盛

汉代有很多君臣为楚地人，他们在将自己的喜怒哀乐之情和审美感受付诸于文学时，总是不自觉地采用了《楚辞》所代表的文学样式，从而创造出汉代一种新的文体，这就是汉赋。

赋是一种文体的名称，与"辞"性质相通，可统称为"辞赋"。赋的起源最远可追溯到《诗经》。赋从《诗经》中汲取了极为丰富的营养，它采用了《诗经》的四言句式，继承了《诗经》押韵和对偶的语言形式，发展了《诗经》中铺陈直叙的表现手法。

《楚辞》是战国时期流行的诗体，对汉赋的形成影响巨大，汉赋从楚辞中的

《离骚》借鉴了很多东西，包括较长的篇幅、华美的辞藻、问答的结构、描写的句式、感情的抒发等。

战国时期的楚国人宋玉在楚辞的基础上，汲取散文的一些形式特点和表现手法，创作了《高唐赋》《神女赋》《风赋》等赋体作品，这些赋体作品为汉赋的形成奠定了基础。

另外，儒学大师荀子的咏物赋对汉赋的形成也有较大的影响。

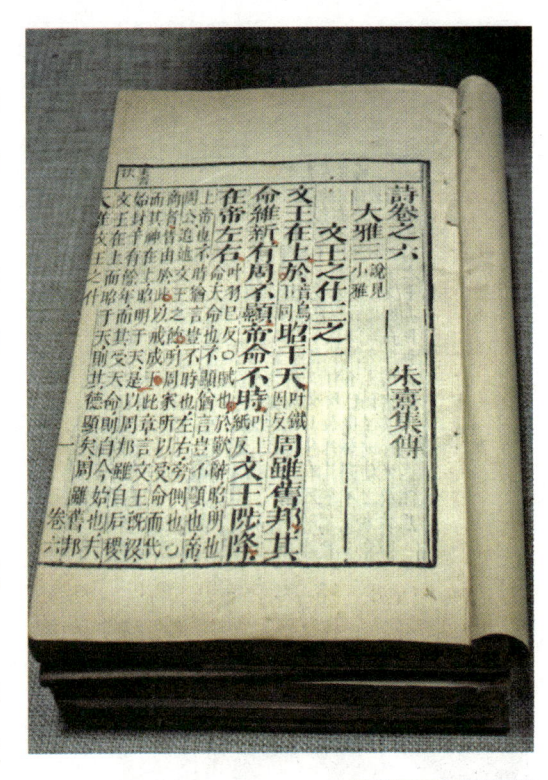

■ 古书《诗经》

汉赋是韵文与散文相结合的新文体，它像诗，又不是诗，是一种介于韵文和散文之间的特殊文体，是一种特殊的散文方式，它以铺陈叙事和描写见长，富有文采、韵律，兼具诗歌和散文的特点。

汉初期的赋文主要继承了《楚辞》的传统，称为骚体赋，这类赋体多抒发作者的政治见解和身世感慨。西汉文学家贾谊的《吊屈原赋》、淮南小山的《招隐士》等是汉初骚体赋的优秀代表。

《吊屈原赋》是以骚体写成的抒怀之作，描写出一个善恶颠倒、是非混淆的黑暗世界，表现了对楚国爱国诗人屈原深深的尊重和同情。

《吊屈原赋》在结构上由赋和"讯"辞两部分组

《诗经》 又称《诗三百》，我国文学史上最早的诗歌总集，收入自西周初年至春秋中叶500多年的诗歌。另外，还有6篇有题目无内容，即有目无辞，称为"笙诗"。所涉及的地域，主要是黄河流域，西起陕西和甘肃东部，北到河北西南，东至山东，南及江汉流域。

■ 司马相如（约前179年~前118年），西汉大辞赋家，杰出的政治家。他是我国文化史文学史上杰出的代表。工辞赋，其代表作品为《子虚赋》。作品辞藻富丽，结构宏大，使他成为汉赋的代表作家，后人称之为"赋圣"和"辞宗"。他与卓文君的爱情故事也广为流传。

成，在表现方法上综合运用了带有楚辞特色的铺叙和比兴，在句式上以四言、六言为主，句末多带"兮"字，文辞清丽。

《招隐士》是西汉淮南王刘安的门客淮南小山所作，这篇赋采用铺写手法，十分生动地描绘出荒山溪谷的凄凉幽险。感情浓郁，意味深长，音节和谐，优美动人，有着独特的艺术风格和极高的美学价值。

骚体赋之后，汉大赋开始形成。枚乘的《七发》和司马相如的《子虚赋》标志着汉大赋体制的正式形成。汉大赋的流行代表了汉赋的兴盛时期。

汉大赋的文章一般篇幅较长，结构宏大，多在千言以上，它多采用主客问答的结构方式，韵文与散文混用，散文的成分居多，又称为"散体大赋"。

汉大赋的代表作有司马相如的《子虚赋》《上林赋》；东方朔的《答客难》；扬雄的《甘泉赋》；班固的《两都赋》；等等，这些赋作代表了汉大赋的最高成就。

《子虚赋》是汉代散体赋的巅峰之作，它代表了

散体赋 汉代盛行的赋体作品，以主客问答的方式直书其事、描物言志。特点之一是散韵结合，但散文的意味较重，所以称为散体赋。一般篇幅较长，规模宏大，所以又称散体大赋。散体大赋是汉赋的主干，所以散体大赋可以直接称之为汉赋。

散体赋的最高成就。通过楚国的使者子虚先生讲述自己随齐王出猎,向齐王极力铺排楚国的广大丰饶。而齐国的乌有先生不服,便以齐国的大海名山、珍奇异宝来显现齐国的博大富有。

《上林赋》是《子虚赋》的姊妹篇,作品描绘了上林苑宏大的规模,进而描写汉朝天子率众臣在上林狩猎的场面。作者在赋中倾注了大量心血,构造了具有恢宏巨丽之美的文学意象,表现了盛世王朝的宏伟气象。

骚体赋 我国古典文学体裁的一种。起于战国时的楚国,以大诗人屈原所作《离骚》为代表,并因此而得名。这类作品富于抒情成分和浪漫气息,篇幅较长,形式也较自由,多用"兮"字以助语势。

《子虚赋》和《上林赋》结构宏大,现象丰富,辞藻华丽,描写的场面雄伟壮观,气势磅礴,运用了大量的夸张和比喻的手法,充满了浪漫的气息。在句式上,这两篇大赋句法灵活,多用排比句,并间杂长短句,主要以四六言为主,音韵和谐。

东方朔的《答客难》属于赋的对答体,在文章中多用对照、引证、对偶和设喻,使内容上有较强的思辨色彩,风格上具有了汪洋恣肆的纵横家之风。

扬雄的《甘泉赋》由远及近,多层次地夸张铺饰甘泉宫的建筑,运用比喻和夸张的手法,极力描绘,形象生动,景物

■ 班东方朔木雕

绮丽，境界深远，富有气势。扬雄的其他三篇大赋《羽猎赋》《河东赋》《长杨赋》也具有和《甘泉赋》相似的特点。

班固的《两都赋》分《西都赋》《东都赋》两篇。《西都赋》篇只写西都，《东都赋》篇只写东都，内容划分清楚，结构合理。

《西都赋》和《东都赋》两篇都具有宏伟的体制，谋篇布局构思严谨，气势磅礴，遣词造句夸张而不失实，华丽而不过度，形成一种典雅庄重的新风格，风格与其所描写的内容切合紧密。

《西都赋》汪洋恣肆，气势和华彩充盈字里行间；《东都赋》以平正典实见长，同时，两篇赋中都大量运用了骈偶句，大大增加了文章的美感。

汉赋是汉代最流行的文体，是汉代文学最主要的代表，在两汉400年间，一般文人多致力于汉赋的写作，汉赋因而盛极一时。

阅读链接

司马相如，字长卿，四川成都人。西汉著名文学家，初名犬子，因为十分仰慕战国时楚国丞相蔺相如，便改名为相如。

汉景帝时，司马相如做了汉景帝的官。后来由于身体的原因，司马相如辞了官，前往梁地与一些辞赋家相交，其间作《子虚赋》。

县城内有两位富豪，其中有一位是全国的首富卓王孙。两位富豪听闻司马相如的大名后，千方百计请司马相如来家里赴宴。宴席间，司马相如弹了一曲琴曲《凤求凰》。卓王孙之女卓文君被司马相如的人和琴曲所打动，两人一见钟情，私定终身。

《子虚赋》被汉武帝读到，汉文帝非常欣赏司马相如的文采，他马上命人将司马相如请来。司马相如又作了《上林赋》。《子虚赋》和《上林赋》最终成为汉赋的顶峰作品，流传青史。

司马迁著作开创传记文学

公元前145年,司马迁出生于夏阳,即今陕西韩城。他的父亲司马谈曾任太史令,精通天文、历史,也精通《易经》和道家思想。他对司马迁的成长有着直接的影响。

司马迁六七岁时,跟随父亲来到都城长安,并

■ 司马迁 字子长,生于西汉时夏阳即今陕西省韩城市。我国古代伟大史学家、文学家,被后人尊为"史圣"。所著《史记》是我国第一部纪传体通史,同时在文学上取得了辉煌的艺术成就。对后世的影响极为巨大,被称为"实录、信史"。

> **董仲舒**（前179年~前104年），西汉思想家、儒学家，以及著名的唯心主义哲学家和今文经学大师。汉景帝时任博士，讲授《公羊春秋》。他把儒家的伦理思想概括为"三纲五常"，汉武帝采纳了他的建议，从此儒学开始成为官方哲学。

开始了学习。他拜了文学家董仲舒、古文学家孔安国为师，研究了《春秋公羊传》《古文尚书》，深刻了解了先秦和汉代诸子百家的学术思想及其发展历史。

20岁时，司马迁已经成了一位小有名气的饱学之士，开始了第一次全国各地漫游的生活。漫游生活使司马迁开阔了眼界，丰富了知识。

30岁时，司马迁担任了汉武帝的侍卫官，开始了仕途生涯。他经常跟随汉武帝出巡，又游历了很多地方。35岁时，司马迁奉命出使西南地区，从而对西南地区又增进了了解，进一步扩大了自己的见闻。

36岁时，司马迁又一次有机会游历了北方，增进了对这一地区的了解。

公元前108年，司马迁继任太史令，他开始阅读国家藏书，研究各种资料、图籍和档案，并开始搜集资料，准备写作《史记》。

公元前104年，司马迁已经42岁，他开始正式写作《史记》。公元前91年，历经13年，司马迁终于完成了《史记》的创作。

> **《史记》**是由司马迁撰写的我国第一部纪传体通史，是二十五史的第一部。记载了上自上古传说中的黄帝时代，下至汉武帝太史元年间共3000多年的历史。《史记》最初没有书名，或称"太史公书""太史公传"，也省称"太史公"。

《史记》是一部纪传体通史，记载了从传说中的黄帝到汉武帝后期长达3000年左右的历史。全书共130篇，其中本纪12篇、表10篇、书8篇、世家30篇、列传70篇。

《史记》体系完整，包罗万象，而又融会贯通，分类明确，脉络清晰，翔实地记录了上古时期的政治、经济、军事、文化等各个方面的发展状况。

《史记》既是一部伟大的史学名著，又是一部伟

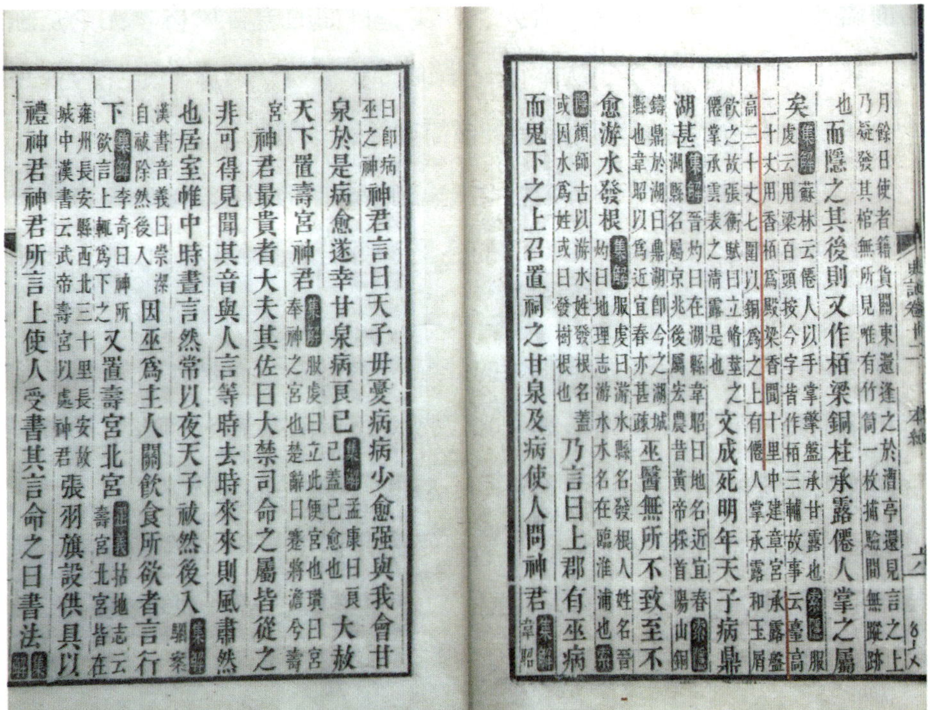

司马迁《史记》书影

大的文学名著，它开创了以人物为中心的写史文学，它所描写的历史人物传记大多数具有很强的故事性，有的篇章就像是一部历史小说。

司马迁将历史人物形象化，并通过对其具体生动的描写，使之成为历史舞台上的典型人物。《史记》中的历史人物多达4000多个，涉及各行各业。

司马迁十分精于材料的取舍和选择，善于抓住人物具有典型意义的事件和行动，突出每个历史人物的个性特征，增强人物形象的感染力。司马迁还善于运用各种修辞手法、细节描写、心理刻画等手段多个角度来描写、刻画人物形象。

司马迁是一位情感丰富的人，也是一位富有浪漫主义情怀的诗人，他把这种情感、情怀全部灌注《史记》中，使《史记》抒情色彩浓厚。

司马迁还特别善于运用语言，他吸收融合并改造了先秦和汉代的书面语及民间口语，形成了活泼、朴实、自如的语言风格。无论是陈述、议论、抒情，司马迁从不讲究华饰，从不刻意雕琢，全凭客观表达的需要和人物情绪的发展而写，该简则简，该繁则繁。

《史记》中人物的语言个性化，每个人性格不同，每个人物所说的话也就不同，这些话要和他们的性格、身份、地位以及心理状况相吻合。

司马迁没有采用汉朝时流行的辞赋骈偶形式，而是大量采用了长短相错的散文句式，在先秦散文和汉散文语言的基础上创造了干净利落、优美独特的语言形式，形成了表达通畅自然的散文体裁。

《史记》是我国史传文学的最高峰，开创了传记文学新体裁，其技巧、文章风格，还有精练、通俗、准确鲜明、富于表现力的语言等，都为后世散文树立了崇高的典范。

阅读链接

公元前99年，46岁的司马迁正在埋头史学巨著《史记》创作中，这时候，朝廷发生了一件大事。汉大将李陵带兵出击匈奴，却兵败被俘。

消息传来，汉武帝十分生气，朝中大臣也纷纷谴责李陵。唯独司马迁勇敢站出来为李陵说话，说李陵与匈奴相与，是出于无奈，应给予谅解。

司马迁的话令汉武帝十分生气，汉武帝下令将司马迁处以宫刑，宫刑是一种令人感到屈辱的刑罚。司马迁遭受了屈辱的宫刑，却没有令他萎靡不振，反而更加激发了他奋发写作。

司马迁勇敢地坚持了七八年，最终他把想法变成现实，完成了旷世巨作《史记》，司马迁的故事和他的巨著被永远地留在了人类史册。

《汉书》和其他汉代散文

司马迁的《史记》记事止于汉武帝初年间，之后的历史没有记录，此后汉代的许多学者都试图续补《史记》，积累了大量的史料。西汉史学家班彪认为这些学者写得不好，于是亲自采集前史遗事逸闻，著《史记后

■ 班固（32年～92年），东汉官吏、史学家、文学家。史学家班彪之子，字孟坚，汉族，扶风安陵人。班固是东汉前期最著名的辞赋家，著有《汉书》《两都赋》《答宾戏》《幽通赋》等。《汉书》是我国第一部断代史，为后世封建王朝官修正史的楷模。作为赋家，他的创作活动主要表现在身体力行地提倡散体大赋上。班固有浓厚的忠于皇室的正统思想。

■ 班固撰写《汉书》雕塑

新朝 是我国历史上继西汉之后出现的朝代，为西汉王莽所建立。公元8年12月，王莽废西汉最后一位君主刘婴，改国号为新，又因为新朝为建兴帝王莽所建，故又称"新莽"，新朝建都长安，即西安，并更名为常安。

传》100余篇。

班彪有个儿子叫班固，是个很有学问的人。他认为父亲的《史记后传》所描述的前朝历史不够详尽，而且有些该写的历史没有补充进去。

于是，他决定完善这本书。班固以《史记后传》为基础，开始写作《汉书》。公元58年，27岁的班固开始写作《汉书》。

班固借用了《史记》的汉初部分，再在《史记后传》的基础上，写下了武帝以后昭帝、宣帝、元帝、成帝、哀帝、平帝的部分。

经过20多年的努力写作，到公元82年，班固初步完成了《汉书》的撰写工作，但还有部分《表》《志》尚未完成。班固的妹妹班昭续作8表，东汉人马续补作天文志，至此，《汉书》才全部完成。

《汉书》全书主要记述了上起西汉的汉高祖元年，即公元前206年，下至新朝的王莽地皇四年，即公元23年，共230年西汉一代的史事。《汉书》包括纪12篇、表8篇、志10篇、传70篇、共100篇，共80余万字。

《汉书》开创了我国断代纪传表志体史书，是我国第一部纪传体断代史著作，它基本沿用《史记》的体例而又有所发展、有所创新，它改书为志，去掉世家并入传，由纪、表、志、传四部分组成。全书以纪、传为中心，各部分互相联系、互相补充，全面集中地反映了西汉王朝的历史。

《汉书》的史料价值很高，对《史记》有所补

断代史 以朝代为界限的史书。始创于东汉班固所著的《汉书》。二十四史中除《史记》外均属断代史。编年体和纪事本末体的史书，以朝代为界限的，也属断代史。断代史的主要特点就是只记录某一时期或某一朝代的史实。

■ 班固《汉书》

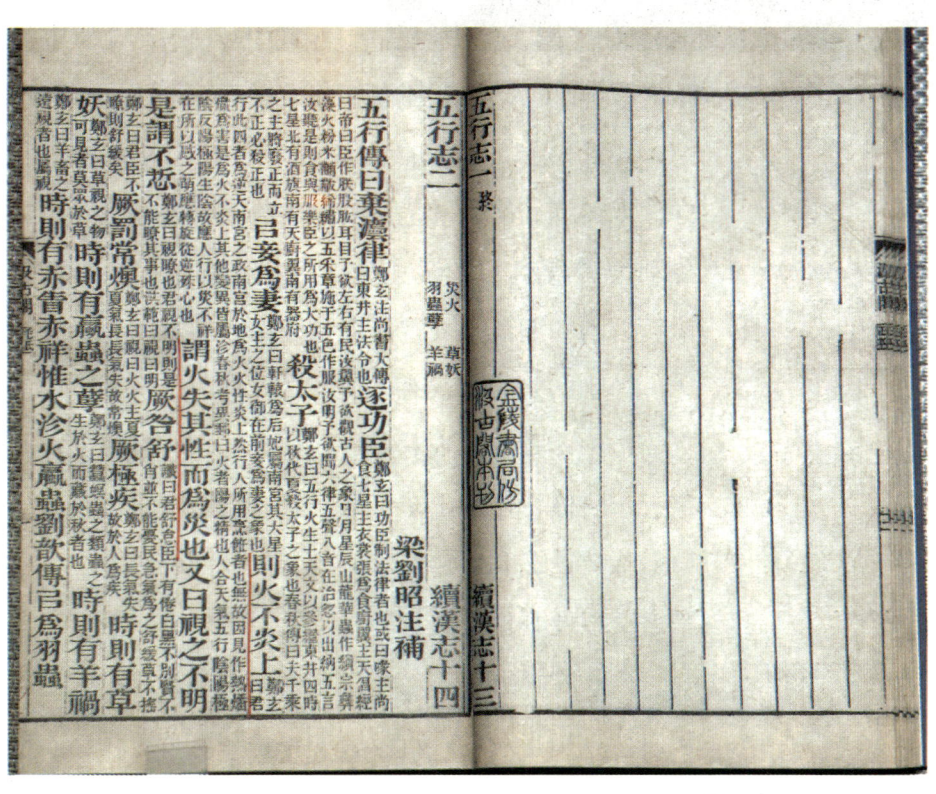

■ 王充（27年～约97年），字仲任，会稽上虞人，就是今天的浙江，他的祖先从魏郡元城迁徙到会稽。王充年少时就成了孤儿，乡里人都称赞他孝顺。后来到京城，到太学里学习，拜扶风人班彪为师。《论衡》是王充的代表作品，也是中国历史上一部不朽的无神论著作。

杂文 指散文中以议论和批评为主而又具有文学意味的一种文体，是随感录、短评、杂说、闲话、漫谈、讽刺小品、幽默小品、知识小品、文艺政论等文体的总称。杂文是短小的文艺性社会评论，既有说理性，又具有文学性，短小精悍，常以幽默、讽刺的笔锋，鞭挞丑恶，针砭时弊，求索真理，剖析人生。

充、调整和发展，表现了自己独有的成就。它开拓了更为广泛的史学领域，保存了更多的古代社会、历史人物以及文化典籍的史料。

《汉书》材料翔实，组织严密，辞藻华丽，语言精练，人物描写细腻工整，绘声绘色，具有较高的艺术性。

《汉书》的人物传记是在一种娓娓而谈的过程中，以简练、准确的笔调勾画人物，使各种人物形象生动地展现出来。避免平铺直叙，尽量用人物的言语、行动和细节来表现其人物个性和品格。

《汉书》的语言有骈俪化的倾向，《汉书》中的人物传中多采取文人辞藻，行文喜欢用古字古义，文字近于骈体，显示出东汉散文骈体化的倾向。

除政论文和史传文学之外，汉朝的奏疏之文、书信之文以及其他杂文均各有特色。

西汉文学家邹阳的《狱中上梁王书》列举大量历史事实，借古喻今，反复说明偏信谗言危害国家，而信任忠直大臣利于国家的道理。

在说明的手法上,反复引经据典,层层论证。句式多用排比,气势酣畅淋漓,有辞赋之风。文章紧扣主题,衔接自然,意思表达流畅。

司马迁的《报任安书》感情充沛,叙事明白,字里行间包含着深情,气势恢宏。行文前后一致,措辞委婉,而柔中见刚。

王充,字仲任,会稽上虞人,自幼好学,后来到京城洛阳入太学,拜班彪为师。《论衡》是王充的代表作品,也是我国历史上一部不朽的无神论著作。

《论衡》批评各种虚妄之论时,总是先把被批判的论点置于文章之首,然后展开分析,紧紧抓住对

骈体 我国古代的一种文体,也称"骈体文""骈俪文"或"骈偶文",因其常用四字、六字句,故也称"四六文"或"骈四俪六"。全篇以双句为主,讲究对仗的工整和声律的铿锵。骈文起源于汉末,形成于魏晋,盛行于南北朝时期。

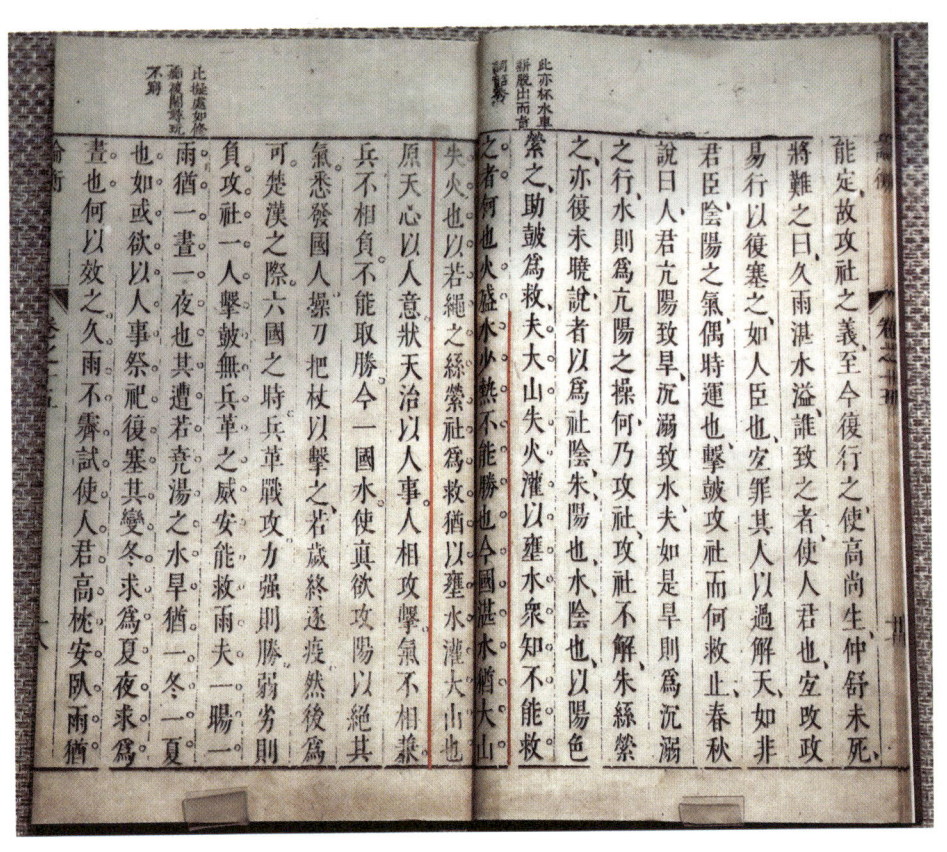

■ 古书《论衡》

方矛盾与谬误，反复辩驳，层层说理，常常援引大量事实，或同类相证，或巧设比喻，或从生活经验出发，后进行逻辑推理，从必然性、偶然性、可能性多方面展开论述，具有很强的说服力。

王符，生活于东汉，幼时好学，终身没有做官，隐居著述《潜夫论》。《潜夫论》分题论证行政、边防、用人等内外策略和时政弊端，对官场腐败黑暗现象的抨击不遗余力。

《潜夫论》每篇独立成章，内容切实，论点突出。总是先提出论题，继而从理论原则上说明论证，然后引入时事，列举现象，进行批评，最后得出结论。《潜夫论》语言明快，句式整饬，具有概括力。几乎通篇排偶，遣词骈俪，华丽壮观。

阅读链接

班固认为父亲《史记后传》的部分内容还不够详备，布局也尚待改进；没有撰成的部分，需要重新续写。于是他在父亲已成《史记后传》的基础上，利用家藏的丰富图书，正式开始了撰写《汉书》的生涯。

正当班固全力以赴地撰写《汉书》的时候，有人告发班固"私修国史"，于是，班固被捕，被关进了监狱，书稿也被官府查抄。班固的弟弟班超为了营救哥哥，立即骑上快马从扶风安陵老家赶到京城洛阳，他要向汉明帝上书申诉，为哥哥除却冤枉。

班超将父亲和哥哥两代人几十年修史的辛劳以及宣扬大汉功德的意向全部告诉了汉明帝。汉明帝又看了班固被查抄的书稿，对班固的才华感到惊异，称赞他所写的书稿确是一部奇作，他立即下令释放班固，并加以劝慰。

汉明帝非常器重班固的才能，立即召他到京都皇家校书部供职，拜为"兰台令史"，让他继续完成这部奇书。

深化发展

六朝散文

这里六朝指的是魏晋南北朝,即三国吴、东晋、南朝宋、南朝齐、南朝梁、南朝陈这6个朝代。魏晋南北朝是我国古代散文发展的一个高峰,它在两汉散文的基础上进一步延续发展,呈现出新的面貌与新的繁荣。

魏晋南北朝时期,作家、作品大量涌现,其数量远远超过前代。辞赋表现出最为突出的时代特征,这一时期的赋体趋于骈文化,与汉赋形成了鲜明的对比,文章的句式结构也逐渐发生了变化,其结果是骈文的出现并成熟。

此外,这一时期文章刻意讲究,创造出多种多样的文章风格,其间既有相互的继承,又有着自己的特色。

汉魏之际和魏晋之际散文

东汉和曹魏之间的历史时期称为汉魏之际,这是一个很重要的历史阶段,这期间文学得到了发展,呈现出一派繁荣的景象。

这时期的文学成就主要表现在诗歌和散文方面。核心人物是曹氏父子以及聚集在他们周围的一批文人,主要是被称为"建安七子"的孔融、陈琳、王粲、徐干、阮瑀、应场、刘桢。

曹操画像

曹操是一代枭雄,他出生在官宦世家,为东汉丞相曹参的后人,他的父亲曹嵩是东汉大宦官曹腾的养子,曹嵩继承了曹腾的侯爵。曹操20岁时被举为孝廉,拜为议郎,后做了汉丞相、大将军,封魏王。仕途一帆风顺。

曹操是建安时期著名的诗人,他没有自己的散文创作,但在散文方面却有多方面的成就和重大影响,那就是他所

■ 曹操《观沧海》

颁布的一系列政令，包括令、表、书等文章，具有很强的文学性，呈现出简朴坦率、明晰切实、清峻通脱的风格特色。

曹操的《自明本志令》是一封公开信，带有自叙的成分，作者从回忆入手，剖露心迹，表述抱负，解释了自己不让兵权的原因。言锋无忌而朴实恳切，坦诚动人，体现了自己敢作敢为的英雄气概。

曹操还做了另一篇文章，叫《求贤令》。这篇文章是曹操改革用人制度的公文，表现出曹操富有改革的精神。

文章朴实无华，简明庄重，要言不烦，古朴质素，不加雕琢。文中的感叹句、反诘句、叙述句、肯定句等各种句式相互和谐的配合，增强了文章明朗、刚健、庄重的感染力量。

曹操有多个儿子，次子叫曹丕。曹丕学识渊博，喜欢文学，擅长作诗，他写了很多诗文，包括诗、赋和各体散文，在文学上取得了卓越不凡的成就。曹丕的散文无论是叙事、说理还是议论，都文风优美，特别是他的书信，更以情意婉切、文笔优美见长。

枭雄 是指有独立意志，不易受蛊惑与教化的人格。骁悍雄杰之人，或说雄长、魁首，多指强横而有实力之人格，"枭"是一种凶猛的鸟，引申为勇猛难制服，不遵人道，因为鸟是飞的，所以不走寻常路。

丞相 也称宰相，是我国古代最高行政长官的通称。统领百官，辅佐皇帝治理国政，位高权重。丞相制度起源于战国。秦代设左丞相、右丞相。汉朝承袭丞相制度，以后就只设有一位丞相。在明太祖朱元璋的时期废除了丞相制度。

> **尺牍** 古人书写的工具,是一种用一定规格的木板经刻写文字后制成的书籍形式。木牍的规格有几种,最常见的是一平方尺、厚度为一寸,即"一尺一寸",因此有"尺牍"之称。后成为信件的代称。

曹丕的散文名作有很多,代表性作品有《典论·自叙》《与吴质书》《又与吴质书》《答繁钦书》等。《典论·自叙》以时间为经,以具体事例为纬,用清新的文字写出了曹丕个人的才艺和志趣,文章追述了青年时期的一些琐事,侃侃而谈,饶有情趣。文章善于选取细节进行描写,显得生动而活泼,感情非常的饱满。

《与吴质书》《又与吴质书》《答繁钦书》是书信体,文章用词华丽,语调亲切,无论或喜或悲,或怒或叹,都不装腔作势,都不无病呻吟,而是直抒胸臆,娓娓道来,带有浓重的抒情色彩。文章意境深远,通脱自然,真切感人。

曹操的第三个儿子叫曹植,曹植是曹丕的同母兄弟。曹植年少英发,才华出众,更为难得的是志向高远。曹操非常喜爱这个儿子,也非常欣赏曹植的文采。

曹植的文采的确非常出众,他的诗赋和文章非常出色,他写的赋寓意深沉,清新流丽;他的散文自然流畅,极富辞采。他的文章主要以章表、书札、谏文为多,其中章表类写得最佳。

曹植的散文均写得意气奔放、富于情感。《求自试表》是最有代表性的一篇。文章或陈述事理,或征引事实,字里行间流露出深深

■ 魏文帝曹丕

的苦闷；或剖白心迹，或抒发激情，慷慨之中更有深深的悲哀。全文激情淋漓，声泪俱下，充盈着悲凉慷慨之气。

曹植的文章对后世散文的影响很大，两晋南北朝文人对他极为推崇。东晋诗人谢灵运曾叹道：

曹植《皇帝赞》

天下才有一石，曹子建独占八斗，我得一斗，天下共分一斗。

孔融是建安七子之首，也是他们当中文章做得最好的。孔融是孔子的20世孙，小的时候，他就显露出少有的才气，为人好学，而且博学多闻，他性情刚直，为当世名士。曾经做过北海相、少府、太中大夫等官。

孔融的文章和他本人的性格是相称的，孔融的文章胆大而气盛，无所忌惮，议论锋利，语言简洁，气势宏大。其中最有文采、最有气势的文章是《荐祢衡表》《与曹公论盛孝章》和《难曹公表制酒禁书》等。

进入魏末晋初时期，文坛流行一种新风尚，文人和士大夫们喜欢上了清谈玄理，喜欢我行我素，崇尚老庄哲学，藐视礼法。

当时有两个文章流派十分有名，一是以何晏、王弼为代表的"正始名士"，这一流派喜欢谈玄阐道的说理文；另一个流派是以"竹林七贤"中的嵇康、阮籍为首的"竹林名士"洒脱率真的论辩文。

士人 我国古代文人知识分子的统称。士人学习知识，传播文化，政治上尊王，学术上循道周旋于道与王之间。他们是国家政治的参与者，又是我国传统文化的创造者、传承者。

校尉 我国历史上重要的武官官职。校，军事编制单位。尉，军官。校尉为部队长之意。战国末期已设置此官职。秦代时为中级军官。汉时达到鼎盛时期，其地位仅次于各将军。

"正始名士"一派继承了曹操清俊简约的文风，"竹林名士"一派则继承了曹丕和曹植华丽壮美的文风。他们共同推进了说理文的发展。其中最有影响、最具有代表性的名家是阮籍、嵇康二人。

阮籍是"建安七子"之一阮瑀的儿子，生活于魏晋之际，做过步兵校尉，为人极有个性。阮籍博学多才，才思敏捷，下笔成章，文辞清新壮丽，为世人推崇。他写了很多文章，最能代表他思想和文风特点的散文是《大人先生传》。

《大人先生传》是一篇较长的赋体传记，没有情节故事，阮籍以华丽的语言、铿锵而流动的音调，展开了他邈无际涯的幻想，同时也表现了作者对人生的一种理解。

文章写得妙趣横生，表现了作者高超的讽刺艺术。尤其是假托世俗之人给大人先生写信，借他人之笔刻画了君子的丑陋形象，表面上是夸饰，实际上句句是讽刺。

■ 孔融让梨图

嵇康是魏晋之际的士人领袖，是当时著名的玄学家、文学家，曾任中散大夫，他性格刚直，经常因言语和行事得罪人，对看不惯的权臣也毫不留情，予以激烈的抨击。嵇康很有才学，多才多艺，擅长诗文，也精通音乐。

嵇康的散文以论文为多，尤其以析理持论见长，且见解精辟，笔锋犀利，挥洒自如。代表性的作品是《与山巨源绝交书》《养生论》《声无哀乐论》《明胆论》《管蔡论》等。

这些文章都很有创造性，析理精微，文辞繁富，在论辩文的发展过程中有很重要的地位。《与山巨源绝交书》，体现了嵇康散文长于辩论、思想新颖、析理绵密、笔锋犀利的鲜明特点。

阮籍雕塑

阅读链接

孔融少有英才，10岁的时候，孔融随着父亲来到当时的京城洛阳。当时，著名的士大夫李膺也住在京城，如果不是名士或他的亲戚，守门的人一般是不给通报的。

孔融只有10岁，想看看李膺是个什么样的人，就登门拜访。他对守门人说："我是李膺的亲戚。"

守门人通报后，李膺接见了他。李膺问他："请问你和我有什么亲戚关系呢？"

孔融回答道："从前我的祖先孔子和你家的祖先老子有师资之尊，因此，我和你也是世交呀！"

当时很多宾客都在场，对孔融的回答十分惊奇。中大夫陈韪却不以为然地说："小时了了，大未必佳。"

孔融立即反驳道："想君小时，必当了了。"

陈韪无话可说。

李膺大笑，说："你这么聪明将来肯定能成大器。"

声情并茂的西晋抒情散文

西晋时期,社会相对安定,人民生活逐渐繁荣,出现了号称"天下安业"的太康时代,文学思想活跃,出现了较多的作家和作品。这时期的作品主要为骈文、辞赋、散文。

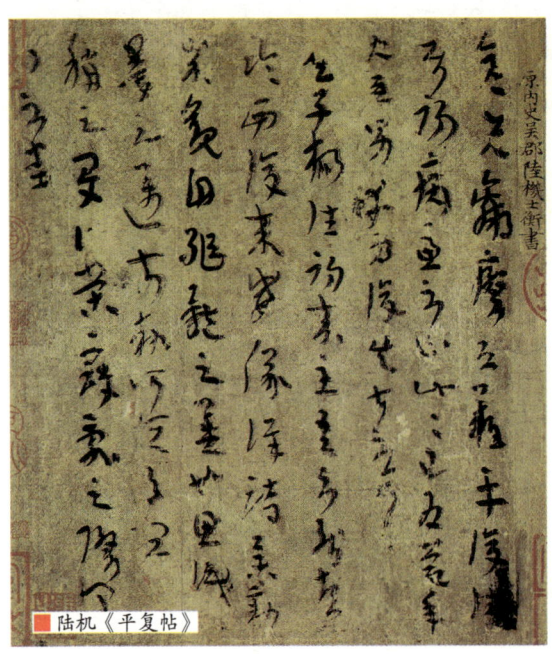
■陆机《平复帖》

潘岳和陆机是西晋时期最有名气的散文家,他们的作品感情充沛,笔到意随,显示出较高的艺术技巧,他们又善于作赋,他们的赋文也十分有名。

特别是陆机有"太康之英"的称号,他的作品代表了太康文学的主要倾向,他所作的《文赋》十分有名,对后世文学创作和批评理论的发展产生了深远的影响。

潘岳，字安仁，河南荥阳中牟人，容貌美丽，而且有才情，很小时就以才气闻名，被人们称为奇童，后来考中了秀才，历任河阳令、怀县令、著作郎、给事黄门侍郎等职。潘岳性情浮躁，为人势利，与很多得势的品行不佳的人过往密切。

潘岳很擅长作诗、做文章，特别擅长写抒情文，他以写悼亡诗、哀诔文著称。其诗文哀怨凄伤，词语煽情。他的《悼亡诗》最负盛名，文章以《哀永逝文》《马汧督诔》《杨荆州诔》等为代表。

潘岳所写的诔文极多，主观感情色彩很重，往往在文中插入与被诔者交往的回忆和正面抒发对逝者的深情，显示出抒情的深切化和生活化。他悼念马汧督的《马汧督诔》写得悲伤而激愤，情辞激越，感人至深，为世人赞赏。

马汧是西晋时督守汧县的官员，立有大功，后却被人嫉恨，遭诬陷入狱，蒙冤含恨而亡。潘岳特为之作诔，称颂其功德，更为其冤死寄以满腔悲愤。

这篇诔由序文和正文两部分组成。序文以散文形式叙写事情的来由和过程，正文则用韵文称扬其智勇忠义，为其立功陷狱深表痛惜。

潘岳悼念亡妻的《哀永逝文》，将作者的丧妻之痛经由铺垫、蕴藉而推向高潮，最后则借庄子的达观

■ 草书《三月十六日帖》

太康 西晋建立后大约40年的时间，这段时间是西晋文学的繁荣时期，此时社会稳定，文人们有时间和精力用于文学的创作和研究，又因为社会小康，文人多习惯于歌功颂德，追求文学作品形式的华美，所以，这一时期的文学作品辞藻华丽，有骈俪化的倾向。

《文赋》书法

思想作排解，以不胜悲伤而求解脱，从中可见作者的哀痛至极。作者写情细致缠绵，尤其是描写和抒发为妻子送葬时的哀痛之情，真是缠绵深挚，凄婉欲绝。

文章还借助山川景物的黯然失色来衬托自己心境悲痛绝望。运用视觉的恍惚变幻写心灵所承受的巨大痛苦，曲折低回，哀伤深切，感人至深，令人忍不住与之同悲。

陆机，字士衡，吴郡华亭人。祖父陆逊是东吴的大将，他的父亲陆抗也是东吴的大将。陆机小的时候也十分有才气，《晋书》记载：

> 少有异才，文章冠世，伏膺儒术，非礼不动。

14岁时，陆机就开始领兵带将，后回到家乡，闭门读书10年，太康末时任太子洗马、吴王郎中令、著

内史 古代官职，西周时开始设置，又称作册内史、作命内史。战国时主管朝廷租赋与财务。秦代时设有治粟内史，掌理国家财政。汉初沿置。汉景帝二年时分左、右内史。隋代改中书省为内史省，改中书令为内史令。唐沿隋制，设内史，执掌中书省，即宰相。明初，废内史不设。清代初，设内史。

作令、平原内史等职。

《晋书》记载，陆机所作诗、赋、文共300多篇，但是大部分已经遗失。陆机的诗赋辞藻华丽，讲究藻饰和对仗；他的散文论析事理，铺排夸张，颇有气势，是西晋最有名的散文。代表作品有《吊魏武帝文》《辨亡论》《五等诸侯论》等。

《吊魏武帝文》主要讲作者有感于在洛阳见到曹操的遗令，发现这位盖世英雄，临终前指着小儿小女托付后事，叮嘱妻子们自食其力，与平时的雄心壮志形成鲜明的对照。

全文由序和赋两部分组成，序叙写简洁，表达清晰；赋铺陈感怀，声情并茂，哀婉动人。序侧重于叙述，赋侧重于抒发，两者相得益彰，既可独立，又可合在一起。

赋文前半部分侧重于写曹操一生的豪情壮举，后半部分则写他临终前与他平生行为雄姿英发极不相称的几件事。作者着力铺写他的功绩与志向，抒发了

郎中令 古代官职，始设于秦，为九卿之一，负责守卫宫殿门户。汉初沿置，为皇帝左右亲近的高级官职。历代郎中令的职责屡有变化，可分为主要职掌和其他职掌。主要职掌包括宿卫警备、管理郎官、劝谏得失等。其他职掌包括征讨屯戍、以使者身份策免或策封官吏、参与皇帝的丧葬活动、典校图书等。

对曹操未能完成自己事业的哀伤。文章写事抒怀，情理兼在，既慷慨悲凉，又凄婉忧伤，具有很强的感染力。

《辨亡论》为论说之文，分上、下两篇。文章主旨总结东吴灭亡的教训。上篇主要颂扬东吴国君孙权之所以能够使国家兴盛，是因为他善于用人。下篇则叙述陆家父祖的功业，并说明孙皓之所以灭亡，主要在于失去了民心。

在文章风格上，《辨亡论》结构大起大落，彼此之间起伏照应。以对比造成了行文的跌宕之势，以夸张、排比增加了文章的雄强之气，局面开阔，议论锋利，感情激越，文辞壮丽，语言整饰，有向骈偶之风发展的倾向。

除了潘岳和陆机，西晋较有影响的散文作品还有刘琨的《答卢谌书》、鲁褒的《钱神论》和张敏的《头责子羽文》等，这些作品各具特色，具有不同的风采。

阅读链接

潘岳曾任河阳令，在河阳，他奉公职守，勤于政绩。因喜欢种植花草，他做很多事情往往要与花草联系起来，当时他办案并不总是在县衙大堂之上，有百姓前来告状，他就把原告、被告一同叫到自己家的花园。

潘岳不急于问原告所告何事、来龙去脉究竟如何，而是让原告、被告共同抬水浇花。由于抬水用的木桶是尖底的，无论绞水、抬水、浇花，两人均得很好的合作，一路上，即使很累，也不能把木桶放在地上，稍不小心，水就洒落一地，也就不可能完成"县老爷"潘岳交代的任务。这样折腾了好长时间，潘岳才升堂问案，细问详情。

原告和被告配合着干了半天活，情绪已大为好转，对立意识也大大降低，潘岳审起案来也就十分容易，引经据典，依事评理，说些仁为美、和为贵的道理，再加以好言相劝，因此很多时候，原告和被告往往和好如初，撤诉了事。

朴实自然的东晋情志散文

东晋时,文人和士大夫们崇尚清谈,喜欢山水,他们的文章也多侧重于山水自然,文风趋向于平和淡雅、自然秀美,不多修饰而饶有情趣。大书法家王羲之和文学家陶渊明的文章是东晋时期这类文章的代表,其文章朴实自然、平和冲淡,带有一种返璞归真的纯情,富有浓厚的生活气息。

王羲之是东晋时期著名

■ 王羲之(303年~361年),字逸少,号澹斋。人称"王右军""王会稽"。生于晋代山东琅琊。东晋书法家,有"书圣"之称。其子王献之书法也佳,世人合称为"二王"。代表作品有《兰亭集序》等。其书法的章法、结构、笔法为后世效法,影响深远。

的书法家、文学家，是个非常难得的才子。他是个胸怀旷达、见识脱俗的人，他不喜欢繁华，却非常喜欢自然，喜欢游山逛水。

王羲之虽然以书法闻名天下，但他的诗文也做得非常好，他的诗文清新隽永，多含哲理，他所作书牍杂帖，富有情感。他最出名的作品是《兰亭集序》。文章通过对兰亭春景、聚会盛况的动人描述，抒发了对人生哀乐、生死的深层思考，在悲伤感慨中透露出对生活的热爱之情。

文章有机融叙事、写景、抒情、议论于一体，笔调清新，不拘音律、骈偶，自由书写。写景笔墨简略而气象宏大，写山、写林、写水、写天、写气、写风，处处透出清新；抒怀则语气舒缓而意境深远，凸现出畅怀之情。

陶渊明生活在东晋晚期，是东晋大司马、大将军陶侃的曾孙。29岁时，陶渊明开始了自己的做官生涯，但只任过江州祭酒、镇军参

文徵明书《归去来兮辞》

军、建威参军、彭泽县令一类的小官。

陶渊明逐渐厌恶了官场生活，41岁的时候，毅然辞官归隐，来到山林中自己种田，平时以喝酒作诗娱乐。陶渊明所作的诗文皆以描绘自然景色及农家生活为主，但也有愤世嫉俗的慷慨之作。陶渊明的散文真淳自然，淡泊中直抒志节与感怀。《归去来兮辞》和《五柳先生传》在这类作品中最有代表性。

《归去来兮辞》是一篇抒情小赋，由序和正文两部分组成。在序里，陶渊明详细地说明了自己辞职归田的经过。正文则叙述了自己辞官归隐途中的解脱心情和到家之后的生活意趣，写出了对官场污浊的厌恶，描写了优美的田园景色与闲适的耕读生活，抒发了重返自然的喜悦，提出了自己的人生理想。

《归去来兮辞》真率自然，将写景与心情相融一体，语言流畅，朴实生动，可以说是一首优美的散文诗。《五柳先生传》是陶渊明的自传，文章突出了作者不随世俗，不与世俗同流合污的高尚

祭酒 古代学官名。晋武帝时期设置，以后历代多沿用。为最高教育机构和最高教育学府国子学或国子监的主管官。可分为博士祭酒、师友祭酒、讲书祭酒、军师祭酒等。清代光绪时期，设学部，改"国子祭酒"为"学部尚书"。

■ 陶渊明（约365年～427年），字元亮，自号"五柳先生"，晚年更名"潜"，卒后友人私谥"靖节征士"。生于东晋时浔阳柴桑。东晋诗人。田园生活是他进行文学创作的主要题材，相关作品有《归去来兮辞》《归园田居》及《桃花源记》等。诗文作品深受后世文人骚客推崇。

品行，突出了作者对高洁志趣、人格的向往与坚持。文章选材精湛，用词用句简单，在淡淡的叙述中体现出文章的主旨。

陶渊明的散文感情浓烈，朴素中流露出真情实感。《闲情赋》《告子俨等疏》《自祭文》是这类散文的代表，这几篇文章都写得真情恳挚、语言率真、凄恻感人。

《告子俨等疏》是陶渊明50岁时写给5个儿子的信。文章用浅易如话的文字，叙述事情，描绘胸怀，抒写志向，款款道来，表达了对儿子们的疼爱与愧疚之情，流露出归隐与安贫乐道的矛盾。

陶渊明的散文意趣高远，平和中表现出对美好生活与理想社会的憧憬。他所作的《桃花源记》即属于这类文章。

《桃花源记》讲述了一个若有若无、似真似幻的故事，塑造了一个幽美的人间仙境，一个与现实环境截然相反的民风淳朴的世外桃源，并通过这个故事表现出作者对理想社会的向往。《桃花源记》用笔清丽，语气平稳，像平时与人说话一样娓娓道来，清新的叙述中蕴含着作者炽热的情感。

阅读链接

在陶渊明心中有一个理想社会，这个理想社会就是他在《桃花源记》中所描绘的世外桃源。

桃花源是一个与世隔绝、不受外界干扰的地方。桃花源外是一片桃花林，"中无杂树，芳草鲜美，落英缤纷"，环境十分优美，引人入胜。"林尽水源，便得一山。山有小口"，从小山口进入，"复行数十步，豁然开朗"。

那里土地平坦广阔，房屋排列整齐，田地肥沃，池塘清澈，桑竹茂盛。田间道路纵横交错，井然有序；村舍中鸡鸣犬吠不绝于耳；男男女女正在田间辛勤地劳作，老人和小孩在一边怡然自乐。整个桃花源呈现出一派繁荣祥和、生机盎然的景象。

陶渊明十分渴望在这样的一个环境中生活，但现实使他的这个理想破灭，他只能在自己的文章中述说这个美好的梦想。

南朝散文开启骈俪之风

南朝包括宋、齐、梁、陈4个朝代,共170年,这一时期的文学成就要超过东晋时期。骈文极盛,其应用范围越来越广,记叙、抒情、写景、议论以及书札、信函等无一不用骈文,文章追求辞采华美、音律和谐、用事用典,这时期出现了一些很有影响的作家与作品。

鲍照雕像

在南朝散文中,一些描写山水的作品尤为出色,如南朝宋鲍照的《登大雷岸与妹书》,齐时孔稚珪的《北山移文》等。

另外,在南朝散文中,还有一些发愤抒怀的文章也写得很好,如鲍照的《芜城赋》、江淹的《恨赋》和《别赋》以及庾信哀痛梁朝灭亡的《哀江南赋》等,是这类作品的巅峰之作。

颜延之画像

南朝宋文学家颜延之从小家境贫寒,住着简陋的居室,但喜欢读书,看过很多书,他写得一手好文章,文章之美,冠绝当时。

颜延之和当时的名士文学家陶渊明交情很好,经常往来。陶渊明死后,颜延之还写了《陶征士诔并序》纪念好朋友。

《陶征士诔并序》用工整的骈俪描述好友陶渊明的生活,赞扬其高尚品节,文章叙事与抒情相互交融,文末回忆陶渊明的告诫之言,深情而凄怆。

文章感情充沛,悲痛之声发自肺腑,风格朴实,格调沉郁,用典确切,情辞并茂,是诔文中的典范性作品。颜延之还写有《祭屈原文》和《三月三日曲水诗序》。

《祭屈原文》是一篇纪念爱国诗人屈原的骈体小品。作者借致悼屈原,暗喻君子因品行高洁而招致不幸,表白了自己内心的忠诚。文章感情沉郁,文笔凝练,叙议结合,行文洒脱,用句显示了骈文句法的巧妙之处。

《三月三日曲水诗序》则用词华丽,对仗工整,文章显得相当精致,显示了骈体文的优势所在。

南朝宋文学家鲍照出身贫寒,但极有才情,一生仅做过一些小官。鲍照的诗文写得特别好,其诗文清峻遒丽,感情激越,辞采华美,气势雄健。鲍照的表、疏、铭、颂、书札多为骈体,其《登大雷岸与妹书》最有特色。

《登大雷岸与妹书》是鲍照写给妹妹鲍令晖的一封书信体骈文。

文章不仅叙事抒情，而且多描画风景。在描绘登大雷岸所见的自然景色时，用笔灵妙生动，字里行间气势磅礴，使人惊心动魄。在描绘景物时，还将自己的感情巧妙地加入进去，获得了感人的艺术魅力。

孔稚珪是齐、梁时期的文学家。他出身世宦之家，祖父和父亲都是当时的名士。孔稚珪年少时文采就令人惊叹。成年后曾做过宋安成王车骑法曹参军、尚书殿中郎等职，还曾做过齐国太子詹事，官位显要。

孔稚珪性格旷达，为人不拘细节，喜欢游山玩水，也喜欢用骈文写作。他著有《北山移文》一文，除此文外，还写有表、启等文，他的这些文章多用骈文写就，是当时很有影响力的骈文作家。

《北山移文》是骈体文的典范，想象丰富，构思奇特，格调诙谐，语言精美，用典恰当，或铺排，或对比，或比喻，或夸张，气势磅礴，全文句句骈文，取得了一系列卓越的艺术成就，标志着南朝骈文艺术达到了高峰。

陶弘景是南朝齐梁时的医学家，文学家，梁时隐居句曲山，朝廷多次派人请其出山为官，但陶弘景多次拒绝。梁武帝时，朝廷每逢大事，总派人去句曲山咨询陶弘景，时人形象地称呼陶弘景为"山中宰相"。

> **铭** 一种刻在器物上用来警戒自己、称述功德的文字，后来成为一种文体。刻在碑上，放在书案右边用以自警的铭文叫"座右铭"，如刘禹锡的《陋室铭》。刻在石碑上，叙述死者生平，加以颂扬追思的，叫"墓志铭"，如韩愈的《柳子厚墓志铭》。

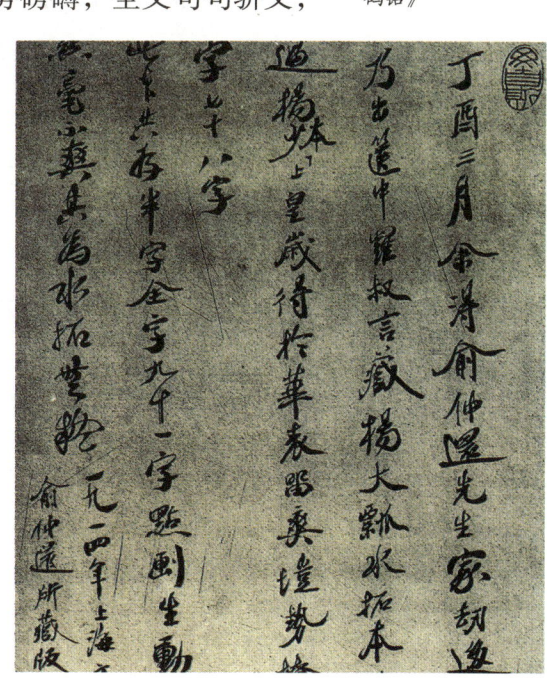

■ 陶弘景楷书《瘗鹤铭》

■ 陶弘景

陶弘景心地纯净，性情恬淡自然，喜欢山水，他聪颖多才，擅长弹琴、棋术，精于书法，通晓天文地理，又精历算、医道，著有多种道教经籍及医药专著，同时还擅长写文章，有《答谢中书书》等文。

《答谢中书书》是陶弘景写给朋友谢中书的一封书信，反映了作者娱情山水的思想。文章以感慨发端：山川之美，古来共谈，有高雅情怀的人才可能品味山川之美，将内心的感受与友人交流，是人生一大乐事。作者正是将谢中书当作能够谈山论水的朋友，同时也期望与古往今来的林泉高士相交。

《答谢中书书》的语言淡雅清新，通过短短文字就把山川四时晨昏的自然美景描绘得有声有色，如诗如画，使人心驰神往。

文章的结构别致典雅。写景部分共12句，都是整齐的四言，其中又有工整的偶对；末3句抒感，用的却是散句，直抒胸臆，骈散结合，各逞所长。

南朝陈时，骈文写作进入了鼎盛时期，不但四六对句完全定型，而且辞藻华丽，用典丰富，音节协调，结构完美，呈现了最成熟、最完美的骈文。庾信就是这样一位完美骈文的集大成者。

庾信自幼聪明好学，年幼即博得了多才的美名。他的诗文风格绮丽，远近闻名，是梁朝著名的宫体

宫体诗 "宫体"既指一种描写宫廷生活的诗体，又指在宫廷所形成的一种诗风，始于简文帝萧纲。萧纲为太子时，常与文人墨客在东宫相互唱和。其内容多是宫廷生活及男女私情，形式上则追求辞藻靡丽，时称"宫体"。这类诗被称为宫体诗。

诗人，与南朝梁陈间的诗人徐陵齐名，他们的文学风格被称为"徐庾体"，为当时文人学士争相效仿。

庾信是南北朝诗赋创作的集大成者，他突出的成就主要在赋，有《春赋》《小园赋》《竹杖赋》《枯树赋》《哀江南赋》等。同时，他又是骈体文写作的集大成者，写了大量的表、启、铭、赞、碑、志等，皆以典型的骈体行文。其中《哀江南赋序》最负盛名。

《哀江南赋序》是为《哀江南赋》作的序，虽是为赋作的序，但实际上却可以成为一篇独立的抒情文，是一篇情辞恳切的抒怀佳作。

文章大量用典，典故的串联和配合恰到好处地传示了作者所要表示却难以表示的感情。另外，文章叙议结合，笔触曲折，语言清新，语句错落有致，整体形成一股博大气韵，突出了苍凉、悲壮的风格。

阅读链接

颜延之和陶渊明是同时代的人，颜延之要比陶渊明小十几岁。二人经常来往，相交至深，后来二人的交往更为频繁，当颜延之去始安郡为官时，途经浔阳还专程到陶渊明的住处探望陶渊明，与之交游，并每遇一景，必酣醉而归。临别之际，为陶渊明留下两万钱作为饮酒的费用。

颜延之是最早推崇陶渊明的名人。他与陶渊明结下了深厚的友谊。陶渊明病逝后，颜延之写了《陶征士诔并序》，情文并茂，真切感人。

他在《陶征士诔并序》中描绘他们初次会面的情景："自尔介居，及我多暇。伊好之洽，接阎邻居，宵盘昼憩，非舟非驾。"把陶渊明称为"南岳之幽居者也"，说陶渊明辞官归隐之后，过着"灌畦鬻蔬，为供鱼菽之祭；织絇纬萧，以充粮粒之费。心好异书，性乐酒德，简弃烦促，就成省旷。殆所谓国爵屏贵，家人忘贫者与"的生活。

不仅勾勒了陶渊明的为人，更突出了他喜好读书的禀性，对他的诗品、人品、思想给予了高度的评价。

保持清新简洁的北朝散文

北朝包括北魏、东魏、北齐、西魏、北周，共约200年。北朝文章一方面保留了汉魏、南朝文章的影响，另一方面又接受了少数民族的古朴风习的熏染，呈现出南北文学相互融合的倾向。北朝文章以散体为主，特点是求实、尚质，风格刚健清新。

郦道元的《水经注》、杨衒之的《洛阳伽蓝记》和颜之推的《颜氏家训》是北朝散文中的精品之作。

郦道元是北朝北魏著名的地理学家、散文家。他博览群书却未能尽展所能。他仕途坎坷，历任冀州镇东府长史、东荆州刺史、河南

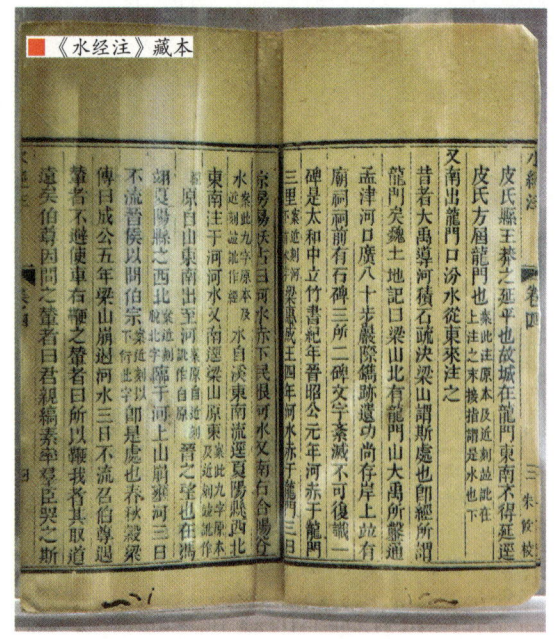

■《水经注》藏本

尹、御史中尉等职。为官时，秉公执法，为官清廉，不怕得罪权贵，很受百姓拥戴。

郦道元喜欢山水，曾遍历北方，留心观察水道等地理现象，在此基础上，他撰写了水文地理著作《水经注》。

在此之前，原有一本叫《水经》的书，为魏晋时期的人所作，这是本专门记载全国河流水系的地理书，该书十分简略，只简简单单地记载了100多条河流的位置和流向。

郦道元决定要重做一本水经书，他在原有《水经》一书的基础上，以众多古代史地著述为参考，同时结合他对我国中部130多条河流及1200多条水道的实地考察，详细记载了它们的源流走向，又补充了大大小小的细流分支，最终完成了《水经注》的创作。

除了关于水系、水流方面系统的知识外，《水经注》一书还囊括了大量的历史典籍、方志地记、民风民俗、百家杂著等知识。

在写作体例上，《水经注》以水道为纲，详细记述各地的地理概况，开创了古代综合地理著作的一种新形式。书中，郦道元抓住河流水道这一自然现象，对全国地理情况作了详细记载。不仅如此，书中还谈到了一些外国河流。

■ 郦道元画像

刺史 古代官名。汉武帝始置。"刺"，检核问事之意。秦代每郡设御史，任监察之职，称监察院御史。汉文帝以御史多失职，命丞相另派人员出行各地视察，不常置。汉武帝时废诸郡监察御史，设刺史一职，分全国为13部，各置部刺史一人。刺史制度对于加强中央对地方的监督和控制，发挥了重要的作用。

> **太守** 原为战国时代郡守的尊称。西汉景帝时，郡守改称为太守，为一郡最高行政长官。历代沿置不改。南北朝时期，新增州渐多。郡之辖境缩小，郡守权为州刺史所夺，州郡区别不大，至隋初遂存州废郡，以州刺史代郡守之任。

《水经注》兼有科学和文学两重性质，叙述有序，文笔简洁而生动，文风俊逸优美。其间许多描写山水自然景物的文章，尤其是对黄河、长江等水流行径的描述，抓住沿岸的山水风物特点，将其写得姿态各异、摇曳生姿，其文笔清新、隽永传神，既有每个局部的生动形象，又有局部相连而成的总体概况描述。

在描绘时，作者没有大肆进行铺张与描绘，只用精练的语言高度概括地写出其动态、神韵。与此同时，将自己强烈的感受、感悟巧妙地融入进去，达到一种情景交融、物我两忘的境地。这些景物描写突出了山山水水的特殊面貌，将山水散文描写推向一个新的高度。

杨炫之曾在北魏、东魏、北齐为官，历任期城郡太守、抚军府司马、秘书监等职。他有感于战争所造成的城郭崩毁、宫室倾覆、寺庙坍塌、景物荒凉，于是撰写了《洛阳伽蓝记》。

《洛阳伽蓝记》是一部记述佛寺园林风物建筑的著作。通过佛寺的兴建与废止，寄托自己的哀悼和凭吊。全书分为城内、城东、城南、城西、城北5卷。每卷以佛寺为中心，兼顾附近建筑的兴衰和历史故事、民俗风情、里巷旧闻、历史沿革等，富有纪实性。

《洛阳伽蓝记》有着精彩的描写，风格朴实自然，文笔优美精练，语言明快清新，如同一篇篇生动的游记散文，具有浓厚的文学色彩。

颜之推在梁元帝时为散骑常侍，后入北齐做了黄门侍郎，再以后又当了隋代的官。颜之推博览群书，

> **秘书监** 我国古代最早设置的专门管理国家藏书馆阁的机构和职官。东汉时最先设置，明代时被废除，共历时1200多年，在我国图书馆的发展史中占有极其重要的位置，并发挥了极其重要的作用。

学识渊博，擅长诗文，精通音乐，是一位多才多艺的学者。他的诗文创作十分有名，其中以《颜氏家训》最为有名。

《颜氏家训》是颜之推以自己的个人经历、思想、学识以告诫子孙的著作，涉及内容极其广泛，强调教育体系应以儒学为核心，书中尤其写到注重对孩子的早期教育。

全书涉及许多人情世态，特别是关于士族社会的某些风气写得淋漓尽致。除包括对处世立身之道、家庭伦常关系的论述之外，还涉及道德情操、治学态度、文学艺术观念、宗教思想以及对社会风尚、习俗的分析与批判。

《颜氏家训》兼有南北朝散文所长，而没有其所短。文体属于散体，浅近平易，本色纯真，没有过多的雕饰，口语谚语运用得较多，很少用骈句。文章叙议结合，往往先讲一个故事，再加以评说，三言两语就能凸显人物性格，语言简练，却意味深长。

《教子篇》《兄弟篇》《治家篇》《风操篇》《涉务篇》《文章篇》是《颜氏家训》里较有代表性的篇章。

司马 古代官职，殷商时期开始设置，与司徒、司空、司士、司寇并称五官，掌管军政方面的事物。春秋、战国时承袭了这个设置。汉武帝时置大司马，为大将军的加号。后汉单独设置。隋唐以后为兵部尚书的别称。

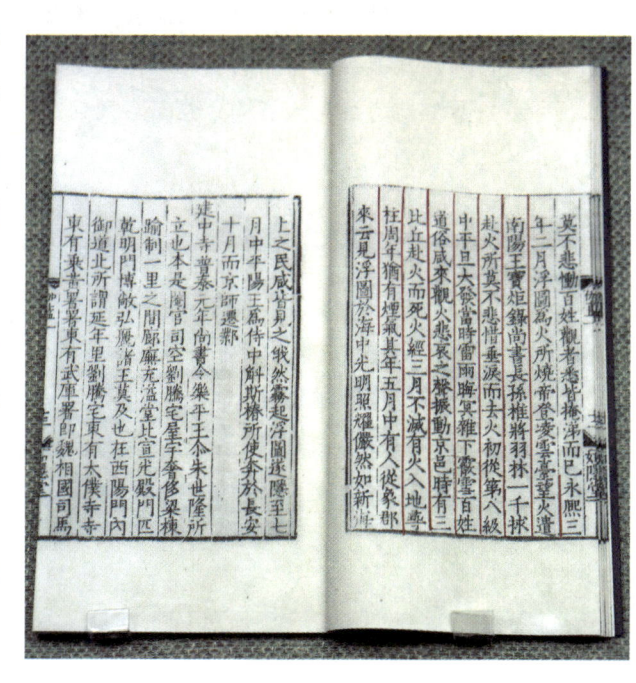

■《洛阳伽蓝记》

《教子篇》谈有关教育子女的一些问题。作者从正、反两个方面反复举例，说明教育子女的重要性以及方法、目的。尤其强调要抓紧对子女的早期教育，而且越早越好；同时强调对子女的教育要严格。

《兄弟篇》是谈兄弟关系的，作者对此给予了特别的重视。作者认为兄弟乃一母所生，有共同的血缘关系，从小在一起生活、学习、玩耍，关系密切，理应互相友爱。作者从正、反两个方面说明了自己的观点。

《治家篇》谈治家的种种注意事项；《风操篇》讲人生在世应具有的种种风度节操；《涉务篇》谈士人君子的为人处世之道；《文章篇》谈有关文章创作的一些主张。此外，重要的篇章还有《养生》《书证》《音辞》《杂艺》等，涉及内容广，说服力强，令人叹服。

阅读链接

郦道元在少年时代，就对地理考察有着浓厚的兴趣。十几岁时，他随父亲到山东，经常与朋友一起到有山水的地方游览，观察水流的情景。

当时，他们游历过临朐县的熏冶泉水，又观看了石井的瀑布。瀑布奔泻而下的水流，激起了滚滚波浪和飞溅的水花，那铿锵有力的巨大音响，在川谷间回荡。这美丽壮观的景色，使郦道元大为陶醉。

郦道元在山西、河南、河北做官时，经常抽出时间，进行实地的地理考察和调查。凡是他走到的地方，他都尽力搜集当地有关的地理著作和地图，并根据图籍提供的情况，考查各地河流干道和支流的分布，以及河流流经地区的地理风貌。

他或跋涉郊野，寻访古迹，追溯河流的源头；或走访乡老，采集民间歌谣、谚语、方言和传说，然后把自己的见闻详细地记录下来。日积月累，他掌握了许多有关各地地理情况的原始资料。《水经注》就是在这样日积月累的辛勤考察中被成功创作完成的。

全面成熟——唐宋散文

继先秦两汉之后,唐宋时期是散文创作的又一个高峰时期,在这一时期,散文名家辈出,佳作不断涌现。广博的内容、完备的体式、高深的艺术造诣是唐宋散文最出色的地方。

名家中,唐宋八大家首屈一指,人人交口称赞,他们的作品被视为顶峰之作,是后人创作效仿追求的典范。

就体裁而言,唐宋散文多种多样,有政论、十轮、文论、奏议、碑志、游记、杂说、笔记等,各种体裁独具特色。

就数量而言,唐宋时期的散文名家和散文名作的数量要远远超过前朝各代。唐宋散文以无可争议的辉煌成就登上古代散文的巅峰。

柳宗元创造性的散文成就

柳宗元画像

柳宗元生活在唐代中期,他出生在一个具有浓厚文化气氛的家庭。4岁那年,父亲去了南方,他跟母亲生活在一起。

他的母亲信佛,且聪明贤淑,非常有见识。她教年幼的柳宗元背诵古诗词,使柳宗元对知识产生了强烈的兴趣,进而努力学习文化知识。

793年,柳宗元考中进士,当上了秘书省校书郎,798年,考取博学鸿词科,先后担任集贤殿书院正字、蓝田县尉等职,803年,任监察御史。

柳宗元的诗文成就非常杰出,他

的各种体裁的文章都很出色，散文中山水游记和寓言杂文尤其有名，他的传记也很有特色。

在柳宗元之前，已有大量的游记文学出现，但都不是很出色，直到柳宗元才把山水游记写得成熟起来，成为一种独立体裁。柳宗元的山水游记在我国散文史上有着独立地位，影响非常大。

在永州当官期间，柳宗元经常出游，寄幽愤于自然山水中，这段期间，他写了著名的"永州八记"。这八记是《始得西山宴游记》《钴鉧潭记》《钴鉧潭西小丘记》《至小丘西小石潭记》《袁家渴记》《石渠记》《石涧记》和《小石城山记》。

这8篇游记融诗、画、散文于一炉，各具特色而又互相连续。文笔清新优美，富有诗情画意。在抒写自然之乐中常常感叹自己的不幸，借以得到某些精神安慰。

柳宗元善于准确地把握住自然景物本身的具体特征，运用拟人的手法、生动的比喻、绘画的技巧，生动传神、细致入微地描绘出大自然千幻万状的美景。

在游记中，柳宗元总是把形形色色的自然景物描写得生机盎然、出神入化，赋予景物以一种神韵、一

■ 柳宗元柳州峨山

博学鸿词科 科举考试制科的一种。唐代开元年间始设，以考拔能文之士。清代康熙与乾隆时曾两次举试，因乾隆皇帝名弘历，"鸿"本作"宏"，故改为博学鸿词。考试的内容为诗、赋、论、经、史、制、策等，不限制考试人的资格，凡是督抚推荐的，都可以到北京考试。考试后便可以任官。

> **白描** 是我国绘画的一种技法，指单用墨色线条勾描形象而不施彩色的画法。白描也是文学表现手法之一，主要用朴素简练的文字描摹形象，不重辞藻修饰与渲染烘托。

种生命，达到形神兼备、声情并茂的境地。

《钴鉧潭记》以生动简洁的语言，描绘钴鉧潭的位置和形状、潭水来源和流动的姿势，以及悬泉的声音、周围的景物等。

柳宗元还把写景与记游行踪紧密结合起来，边叙述游踪，边描写山水，移步换景，层层深入，形成曲折幽邃的意境。

柳宗元通常将客观景物的描写与主观感情的流露紧密地结合在一起，借助描写景物将自己的感情和心绪透露出来，物我相融，物我相忘，主观色彩极为浓厚，不仅仅为写景而写景。

■ 柳宗元石像

《至小丘西小石潭记》中，在描写了清冷优美的景色之后，作者把自己的思想感情融合在景物描写之中，创造出一种情景交融的意境，在这个意境之中表达出他凄怆悲凉的感情，具有明显的主观感情色彩。

柳宗元没有止于一味地借景抒怀的感叹中，还着重叙述寻求美景的经过，描写自己用劳动除却污秽，创造奇美景观的情景，表现出自己对美的渴望与追求。

他笔下的山水、泉石、草木、虫鱼,仿佛都有特定的个性、特定的遭遇,这既是自然山水的真实生动写照,又是他自己人格、情怀、处境的曲折反映。

柳宗元的山水游记语言精美,无论写实景、动景,还是写虚景、静景,柳宗元都非常注重语言的锤炼,选择最富有表现力的语汇,力求做到语言的准确、鲜明和生动。他描绘景物喜欢采用白描手法,往往用很平易的语言来反映很生动的情景。

■ 柳宗元画像

散文中,除了山水游记,柳宗元还擅长写寓意深刻的寓言文。柳宗元的寓言文较之前的寓言有了非常大的发展,有了更多的创造,从柳宗元开始,寓言才成为独立的文学样式。

柳宗元的寓言,不论内容如何、篇幅长短,都是结构完整严谨、生动曲折、首尾完整的文章,具有很浓的故事性。

柳宗元的寓言内容深刻、富于哲理意味,可分为两大类,一类是讽喻现实的作品,主要代表作有《三戒》。这些作品篇幅短小警策,含义深远。

另一类是托物喻志的作品。主要代表作品有《谪龙说》《瓶赋》《牛赋》等,这类作品寄托了作者不

寓言文 带有劝谕或讽刺性的故事。通常是借托某种事物,把深刻的道理寄于简单的故事之中,达到借此喻彼,借小喻大,借古喻今的目的。这类文体惯用拟人手法,语言简洁犀利。如《守株待兔》《刻舟求剑》就属于寓言体。

同流俗,志向高远的高贵品质。

柳宗元写寓言,很少长篇大论,多篇幅短小,立论精辟,常通过生活中常见的动物或日常生活现象,捉住其本质特征,加以夸张想象,创造生动的形象,编织有趣的情节,显得饶有趣味,但又严峻沉郁。结尾部分只用三言两语点明主题,前后配合贴切。

柳宗元的传记散文也写得相当的出色,如《梓人传》《段太尉逸事状》《南霁云睢阳庙碑》《捕蛇者说》《河间传》《宋清传》都写得各具特色。柳宗元的人物传记,人物数量也很多,内容丰富,表现形式多样。

柳宗元的人物传记多取材于下层人物,注重为普通人树碑立传。

柳宗元祠

柳宗元墓

如《捕蛇者说》刻画了一个被残酷剥削的捕蛇者蒋氏的形象。蒋氏祖孙三代都以捕蛇来抵付赋税，祖父、父亲都被毒蛇咬死，他自己捕蛇12年，也曾多次险些丧命。作者通过蒋氏这个捕蛇者的生活，最后得出了"赋敛之毒有甚于毒蛇"的结论。

柳宗元的人物传记结构完整，故事集中，主题鲜明，并将叙事、抒情和议论有机结合在一起，具有高度的思想性和深刻的现实意义。

阅读链接

柳宗元有的传记不以写人物为主，而着重通过人物阐明道理，揭露事实真相。《种树郭橐驼传》写一位驼背老人，是种树能手，他种的树木长得特别好，其经验就是"能顺木之天，以致其性"，即顺着树木生长的自然规律，而不去妨害和干扰。

柳宗元善于通过细节描写传神达意，并通过典型的事例、个性鲜明的语言，在激烈的矛盾冲突或生死存亡的关键时刻塑造人物形象。

欧阳修风范卓越的散文

欧阳修塑像

欧阳修生活在北宋时期，他出身低微，从小家境贫寒，4岁时失去了父亲，由母亲抚养长大。由于家境的关系，欧阳修很小就知道刻苦学习，希望有一天能够出人头地。

欧阳修经过勤奋学习，23岁考中进士，被任为西京留守推官。后被授为馆阁校勘、集贤校理、龙图阁直学士、河北都转运使等职，还曾被拜为枢密副使、刑部尚书、兵部尚书等。

> 醉翁亭記
>
> 歐陽修
>
> 環滁皆山也。其西南諸峰，林壑尤美，望之蔚然而深秀者，琅琊也。山行六七里，漸聞水聲潺潺而瀉出於兩峰之間者，釀泉也。峰回路轉，有亭翼然臨於泉上者，醉翁亭也。作亭者誰？山之僧智仙也。名之者誰？太守自謂也。太守與客來飲於此，飲少輒醉，而年又最高，故自號曰醉翁也。醉翁之意不在酒，在乎山水之間也。山水之樂，得之心而寓之酒也。若夫日出而林霏開，雲歸而岩穴暝，晦明變化者，山間之朝暮也。野芳發而幽香，佳木秀而繁陰，風霜高潔，水落而石出者，山間之四時也。朝而往，暮而歸，四時之景不同，而樂亦無窮也。至於負者歌於途，行者休於樹，前者呼，後者應，傴僂提攜，往來而不絕者，滁人游也。臨溪而漁，溪深而魚肥，釀泉為酒，泉香而酒冽，山肴野蔌，雜然而前陳者，太守宴也。宴酣之樂，非絲非竹，射者中，弈者勝，觥籌交錯，坐起而喧嘩者，眾賓懽也。蒼顏白髮，頹然乎其間者，太守醉也。已而夕陽在山，人影散亂，太守歸而賓客從也。樹林陰翳，鳴聲上下，游人去而禽鳥樂也。然而禽鳥知山林之樂，而不知人之樂；人知從太守游而樂，而不知太守之樂其樂也。醉能同其樂，醒能述以文者，太守也。太守謂誰？廬陵歐陽修也。
>
> 民國六年文石山書

在宋代文坛上，欧阳修大名鼎鼎，多才多艺，文学方面更是取得了非凡的成就。欧阳修的散文大都内容充实，气势旺盛，具有平易自然、流畅婉转的风格。叙事既得委婉之妙，又简括有法；议论纡徐有致，却富有内在的逻辑力量。章法结构既能曲折变化而又十分严密。

欧阳修的议论文逻辑严密，论证有力，善于雄辩，语言犀利，具有极强的说服力。欧阳修的议论文最多，包括政论、史论和文论等，其中最重要的是政论，也最能体现欧阳修的胆识和人品。

欧阳修的散文体裁多样，形式丰富多彩，包括赋、杂文、论、记、书简、祭文、墓志铭、奏疏、题跋和笔记文等，这些文体各尽其妙，各具风采，可分为议论文、记叙文、抒情文三大类。

欧阳修的议论文多是进献皇帝的奏章。这些作品往往专就某事某人立论，主要是揭露时弊、阐明政治改革的主张，现实性极强，《朋党论》《纵囚论》

■ 欧阳修散文《醉翁亭记》

留守 古代官名。隋唐以后，皇帝出巡或亲征时指定亲王或大臣留守京城，处理政事，称"京城留守"；其陪京和行都亦常设"留守"，以地方行政长官兼任，总理军民、钱谷、守卫事务。

转运使 古代官职，是唐代以后各王朝主管运输事务的中央或地方官职。唐代在714年，置水陆转运使，管理洛阳、长安间食粮运输的事务。以后历代各有设置。

《本论》是这类文体的代表。

史论主要是以古鉴今,通过总结历史经验教训,为现实政治服务,如《五代史伶官传序》《五代史宦官传论》等。

文论多是欧阳修为他人所作的序、跋,主要是论述创作得失,推进诗文改革等,如《苏氏文集序》《梅圣俞诗集序》等。

欧阳修写议论文时,常把充沛的感情融入议论中,使议论带有强烈的抒情性,这就使他的议论文不仅具有理论的说服力,还具有很强的感染力,《五代史伶官传序》就是一篇抒情色彩很浓、极为精彩的史论,文章以古鉴今,感情充沛,通篇上下有种前后连贯的抒情味道。

欧阳修的记叙文主要包括记、碑志和笔记等,都具有很高的艺术成就,其中记、笔记的特色尤为突出。

伶官 即乐官,"伶"过去指演戏的人,伶官就是指在宫廷中授有官职的伶人。伶官一词源自《诗·邶风·简兮序》:"卫之贤者,仕于伶官。"

碑志 指镌刻于石碑上的书法、文辞。为安葬设立的称"墓碑",也称"墓表""墓碣";列于墓道前者称"神道碑",入墓穴者称"墓志",或称"墓志铭""圹铭"。

■ 欧阳修蜡像

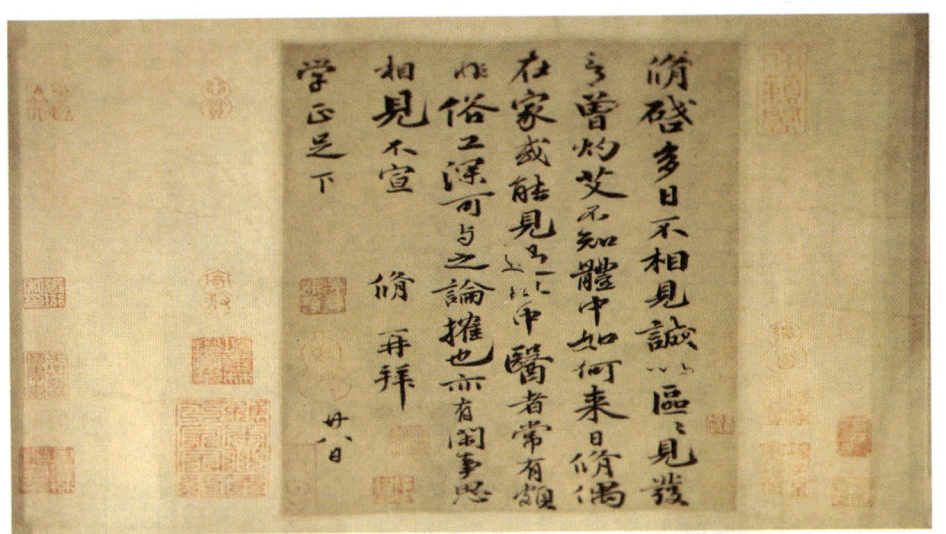

■ 欧阳修书法

"记"是欧阳修记叙文的重要组成部分,主要有游记、亭台记和记事记物的笔记等,往往重在抒情,代表作品有《醉翁亭记》《丰乐亭记》《真州东园记》《有美堂记》《岘山亭记》等。它们多是借景抒情,即通过对客观景物的描写、对世事沧桑的感受来抒发作者内心的悲喜哀乐。

欧阳修的记叙文语言精练,善于描绘,往往三言两语就把景物的生动之处惟妙惟肖地刻画出来。此外,还有一点更为突出,那就是由景物引起反复咏叹,抒发感慨,进行议论,极富有情韵。

《醉翁亭记》是最能体现欧阳修艺术成就的名篇。欧阳修在写《醉翁亭记》时,只有40岁,文章描写了滁州一带自然景物的幽深秀美,滁州百姓和平宁静的生活,特别是作者在山林中游赏宴饮的乐趣,抒发了作者的政治思想和寄情山水以排遣遭受打击的复杂感情。

文章的语言极有特色,格调清丽,遣词凝练,音

记 散文的一种体裁,可叙事,可写景,可状物。"记"的文字含义是识记。作为一种文体,"记"在六朝时获得了较大的发展。宋代时其内容得到拓展,形式更加稳固。明清时其主体性色彩更加浓厚,逐渐成熟稳固。

节铿锵，臻于炉火纯青之境，既有图画美，又有音乐美。

欧阳修的笔记也写得非常好，代表作是笔记文集《归田录》，文章或叙逸闻轶事，或记典章名物，或借事发论，大多短小精悍、形式自由、活泼隽永、意蕴深远。《卖油翁》《冯道和凝》《文肃独留》《游大字院记》是其中的名篇。

欧阳修的抒情文平易自然，长于抒情，其中哀祭和书简等文字更是具有强烈的抒情性。其抒情文主要包括祭文、赠序、序跋和文赋等，其特点是感情深沉、委婉曲折、平易自然、耐人寻味。

祭文中，《祭石曼卿文》最为典型，全文仅仅306个字，欧阳修将其写得情文并茂，自然得体，其中渗透着对亡友的深切同情，并融入了自己的身世之感，呈现出凄怆低回的情调。文章正文采用韵文的形式，音律铿锵顿挫，一唱三叹，增强了浓郁的感情气氛。

欧阳修写序跋类文章匠心独运，别出新意，通常不仅就诗文本身发表议论、评价诗文作者，而且将自己的丰富情感倾注进去。代表性作品有《梅圣俞诗集序》《苏氏文集序》《江邻几文集序》等。

宋代时，文人把散文引入诗、词，也引入了赋，使赋能更自由地描绘物体，也更易于抒发感情。欧阳修写的《秋声赋》获得了极大的成功，文章从秋夜听秋声写起，通过一系列精彩的比喻，把无形的秋声写得具体可感。

全文极力铺陈，大力渲染，辞藻华美，保持了赋体的某些长处，又吸收了古文的成果。既具有形式美的韵律感，读起来抑扬顿挫，朗朗上口，又显得通畅自如，没有丝毫的滞涨之感，开创了散体赋的新境地。

阅读链接

除了散文，欧阳修在诗歌创作方面也卓有成就。他的诗在艺术上主要受唐代诗人韩愈的影响。

《菱溪大石》《石篆》《紫石屏歌》等作品，皆模仿韩愈想象奇特的诗风；其他一部分诗作沉郁顿挫，笔墨淋漓，将叙事、议论、抒情结为一体，风格接近唐代大诗人杜甫，如《重读〈徂徕集〉》《送杜岐公致仕》。

另一部分作品雄奇变幻，气势豪放，却近于唐代大诗人李白，如《庐山高赠同年刘中允归南康》。但多数作品，主要学习韩愈"以文为诗"，即议论化、散文化的特点。

欧阳修诗的语言虽然自然流畅，避免了韩愈诗的险怪艰涩之弊，但仍有一些诗说理过多，缺乏生动的形象。有的古体诗因此显得诗味不浓，但部分近体诗却比兴兼用，情景相生，意味隽永。在内容上，欧阳修的诗有一部分反映人民的疾苦，揭露社会的黑暗，具有一定的社会意义。

苏轼开创鼎盛的散文格局

苏轼出生于一个书香世家,祖父苏序喜欢读书,善于作诗,父亲苏洵是北宋时期的文学家,擅长作文章。苏轼是苏洵的第二个儿子,因此为"仲"。

苏轼性格比较急躁,苏洵希望儿子性格和缓些,因此又给苏轼取字"和仲",后来另给苏轼取字"子瞻",这与他的名"轼"相关,

苏东坡画像

苏轼书法

"轼"指车厢前的扶手，取这个名字说明父亲希望他能出类拔萃，却不能过于突出。

苏轼，号东坡居士，1079年，苏轼被贬到黄州做团练副使。初到黄州，苏轼生活困顿。黄州通判马正卿是他的故人，便从黄州府要来了已经荒芜了的50亩军营旧地给他种。营地位于黄州的东坡。

第二年春天，苏轼在东坡的上面筑雪堂，题为"东坡雪堂"，并作《雪堂记》。

苏轼很仰慕唐代的诗人白居易居士。当年白居易贬谪四川忠州时，曾在忠州的东坡种植花木，并写下了不少闲适诗，如《步东坡》《别东坡花树》等。白居易曾写一首《步东坡》的诗：

朝上东坡步，夕上东坡走，
东坡何所爱，爱此新成树。

苏轼仰慕白居易，故自号为"东坡居士"。

1057年，苏轼考进士时，写了一篇《刑赏忠厚之至论》，受到了主考官欧阳修的赏识，欧阳修以为这篇文章是自己的弟子曾巩所作，为了避嫌，苏轼获得

居士 既指旧时出家人对在家信道信佛的人的泛称；亦指古代有德才而隐居不仕或未仕的隐士；同时，这名词还是文人雅士的自称，如李白自称青莲居士、苏轼自称东坡居士、陈忠远自称药愚居士。在现实生活中此称谓含有隐士、高人、山人、奇人之意义。

团练副使 宋代散官。专指闲散不管事的官职，共有10等。团练使是唐至元代设置的地方军事长官。唐代团练使、州团练使原是负责一方的军事长官，但团练使常由观察使兼任，州团练使常由刺史兼任，因此，他们实际上成为一方的军政长官。

> **行书** 介于楷书、草书之间的一种字体，是为了弥补楷书的书写速度太慢和草书的难以辨认而产生的。"行"是"行走"的意思，行书不像草书那样潦草，也不像楷书那样端正。东晋书法家王羲之是最有名气的行书大家。

了这次考试的第二名。于是，在1061年，苏轼信心满满地开始了自己报效祖国的为官生涯。他在任地方官期间，做了很多利于百姓的事情。

苏轼有着极高的天赋，许多东西一学就会，多才多艺，诗文书画皆精。他的文章汪洋恣肆，明白畅达。他的诗作清新豪健，善用夸张、比喻。他的词开豪放一派，气势磅礴。

苏轼的书法"自出新意、不践古人"，特别擅长行书、楷书，并能自创新意。在绘画方面，苏东坡擅长画枯木竹石，重视神似，提倡"士人画"。为"文人画"的发展奠定了坚实的基础。

苏轼写了很多散文作品，有赋铭、颂赞、议论、杂著、记序、表状、书牍、碑记、笔记等，可分为论事文、杂文、赋体文等。

苏轼写了很多论事文，主要包括政论和史论两部分。政论文又包括策论文和进策文以及一些论说政事的奏疏。文章博采史事，分析透彻，逻辑性强，笔锋犀利，气势磅礴。

> **文人画** 也称"士大夫甲意画""士夫画"，是我国古代画中带有文人情趣，画外流露着文人思想的绘画。在魏晋南北朝时期，文人画的某些创作思想和艺术实践就出现了，但是文人画作为正式的名称，是由明末画家董其昌提出的。

苏轼的策论文针对当时朝廷政策的弊端提出意见和建议，具有针对性，论辩有力。苏轼的进策文多是应试之作。多数文章表现了作者对现实的深刻认识，反映出作者力主改革的思想。

比较著名的有《进策》25篇政论。苏轼写史论能依据常见的史料引出独到的见识，立意独到，论辩滔滔，具有很强的说服力。

苏轼写记叙文最拿手，可以说是挥洒自如，他所

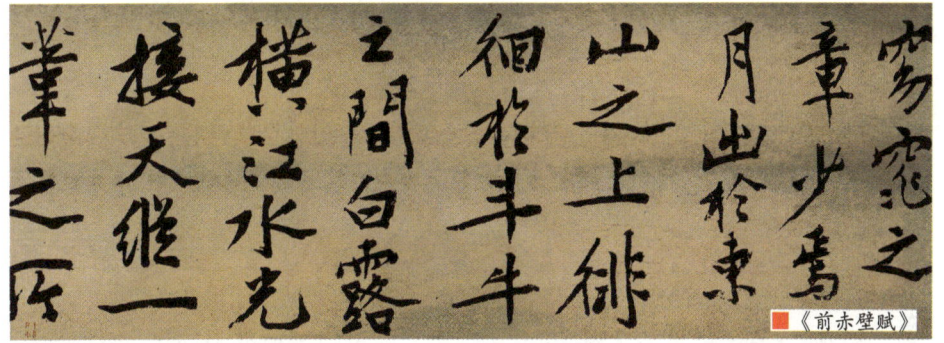
《前赤壁赋》

写的记叙文包括碑传文、记体文及文赋等，其中以写山水游记和亭台堂阁记为代表。

苏轼的游记，不仅记叙、描写、议论并重，而且议论占的比重较大，往往凭借议论给文章辟出新的境界，尤其善于表现对自然景物的赏会与人生哲理领悟之间的融合。

1084年，苏轼由黄州团练副使移任汝州团练副使时，顺路送大儿子苏迈到饶州德兴县任职，途径江西湖口，有机会游览石钟山，苏轼便进行实地考察，为辨明石钟山命名的由来，便写了一篇山水游记《石钟山记》。

《石钟山记》不同于一般的游记而显得别具一格，文章首尾呼应，重点突出，笔法流畅，有叙述、有描摹、有议论、有人、有景、有声、有形、有色，行文舒卷自如，精彩纷呈。

苏轼的亭台记也很有特色，长于借题发挥，随机生发出一段妙理高论，融记事、抒情与思辨为一体。另外，苏轼写亭台记，构思千变万化，没有固定的套式，舒卷自如，各尽其妙。这类作品有《超然台记》《凌虚台记》《喜雨亭记》等。

苏轼写了大量的杂文，主要包括杂记、序、书札、杂说、随笔、题跋等。杂记文理自然；书札感情充沛，自然成文；杂说行文活泼，充满真知灼见；随笔内容丰富，情韵悠长；题跋言简意赅，笔调活泼，有着独到的见解。

进入宋代以后，文赋得到了极大的发展，苏轼极富创造力，他进一步兼取古文和赋的特点，用写散文的方法来作赋。他用骈散相间的语言自由地抒情和言理、描摹景物，使赋体从单调僵死的格律中摆脱出来，使其成为一种有着很强生命力的文体。

苏轼受牵连被贬到湖北黄州做团练副使的4年间，心情郁闷。在这4年期间，苏轼曾两次泛游赤壁，并写了两篇《赤壁赋》，两赋相隔3个月，真实地记录了他当时的生活，表达了他苦闷复杂的心情。

两篇《赤壁赋》在写法上各有千秋。前赋夹叙夹议，随机生发，情味隽永。苏轼先从秋日清风和明月交织成的江山美景中，写出自己由此而生的飘飘欲仙之乐。继而从悲凉的箫声和对历史人物兴亡的凭吊，跌入人生的苦闷之中。最后从眼前景物立论，阐发变与不变的哲理，回复到旷达超脱的心境。

后赋中，苏轼用大量的笔墨描绘赤壁的风光，暗示自己胸中的块垒坎坷和被压抑的情绪。文末，苏轼又写仙鹤托梦的幻境，凄凉朦胧

《赤壁赋》局部

的环境,象征自己当时抑郁不平的心境。与前赋相比,后赋在写作上更具浪漫主义特色。

清代学者李扶九评道:

前赋借客生波,尚似实情,后赋忽鹤忽道士,奇幻极矣。

苏轼的散文,总的来说,"辞达""通脱",有圆活流转、错综变化和自然真率之美。苏轼作文时多用空灵虚拟之笔,自由尽情挥洒,行文如行云流水,气势奔腾而壮阔雄奇。在句式上,句式多变,他以散行单句为主,但又融合不少骈偶、排比成分,骈散结合,错落有致。

苏轼的散文还善于用比喻,多形象思维。在描写难以言传的状态情绪和感受时,他常用的方法是将其具体化、形象化,有时用各种事物比喻人，有时又用人比喻各种不同的事物。他不仅能用比喻生动准确地描写自然景物和各种具体事物的特征，还在议论中用比喻说明道理，议论横生而妙趣无穷。

苏轼写散文还有将其向诗的方向发展的倾向，富于想象。苏轼写文章善于从虚处入手，采用诗家手法翻空出奇，或将无为有，或化有为无，讲究渲染气氛和营造意境，处处令人体会到一种真气内充的蓬勃诗意。苏轼的散文把古文的表现力发展到更高的水平，把古文的应用范围扩大到更广泛的领域。

明初大臣文学家宋濂这样评价苏轼的文章：

自秦以下文莫盛于宋，宋之文莫盛于苏氏。

阅读链接

相传，苏轼20岁的时候，到京师去科考。有6个自负的举人看不起他，决定备下酒菜请苏轼赴宴打算戏弄他。苏轼接邀后欣然前往。

就在众人准备动筷子吃菜的时候，一个举人提议行酒令，要求酒令内容必须引用历史人物和事件，这样就能独吃一盘菜。其余5个举人同声说话。

"我先来。"年纪较长的举人说，"姜子牙渭水钓鱼！"说完捧走了一盘鱼。

"秦叔宝长安卖马。"第二位举人也端走了一盘马肉。

"苏子卿贝湖牧羊。"第三位举人毫不示弱地拿走了羊肉。

"张翼德涿县卖肉。"第四个举人伸手把一盘炒肉端了过去。

"关云长荆州刮骨。"第五个人迫不及待地抢走了骨头。

"诸葛亮隆中种菜。"第六个举人端走了最后一盘青菜。

菜全部分完了，6个举人兴高采烈地正准备边吃边嘲笑苏轼时，苏轼却不慌不忙地吟道："秦始皇并吞六国！"说完把六盘菜全部端到自己面前，微笑道："诸位兄台请啊！"

力求新变 — 明清散文

明清散文家在继承前代,尤其是唐宋时期古文传统的基础上,在散文理论和创作上努力追求新的变化,致使散文流派迭出,创作各异,作品精彩纷呈,风格多种多样,呈现出迥然不同的时代风貌。

明代散文流派众多,作家和作品颇为丰富,艺术风格也呈现出多种多样的特点。不同时期的散文带有不同时期的时代特色。

清代散文也显示了时代特征,在继承传统中继续发展,取得了卓越的成就,创造了新的辉煌。

明代前期和中期各派散文

明代前期,散文的创作比较繁荣,但是没有形成流派,都处于明代开国之初,因此统称为"开国派"。这些作家中较著名的有宋濂、刘基、方孝孺等,以及主要以诗著名的高启。

宋濂生活在元末明初,自幼家境贫寒,但聪敏好学,曾跟随元末古文大家吴莱、柳贯、黄溍等学习。元朝末年,元顺帝曾召他为翰林院编修,他以奉养父母为由,没有应召,而专心著书。

宋濂后来被明太祖朱元璋

■ 宋濂(1310年~1381年),字景濂,号潜溪,别号玄真子、玄真道士、玄真遁叟。浦江人,元末明初文学家,曾被明太祖朱元璋誉为"开国文臣之首",学者称太史公。宋濂与高启、刘基并称为"明初诗文三大家"。他因长孙宋慎牵连胡惟庸党案而被流放茂州,途中病死于夔州。他的代表作品有《送东阳马生序》《朱元璋奉天讨元北伐檄文》等。

征召到南京，就任江南儒学提举，与刘基、章溢、叶琛尊为"五经"师，为太子朱标讲经。1369年，奉命主修《元史》，官至翰林院学士承旨、知制诰。

宋濂是个实在而且聪明的人，一次他与客人饮酒，皇帝暗中派人去察看。第二天，皇帝问宋濂昨天饮酒没有？来客是谁？饭菜是什么？宋濂都以实话相回答。

刘伯温画像

皇帝笑着说："确实如此，你没有欺骗我。"

一次，皇帝问宋濂大臣们的好坏，宋濂只举出那些好的大臣说说。皇帝问他原因，宋濂回答道："好的大臣和我交朋友，所以我了解他们；那些不好的，我不和他们交往，所以不了解他们。"

宋濂的文章可分为序记、传记和寓言三大类，文辞简练典雅，很少作铺排渲染。偶尔有些描写的片断，却写得相当秀美。各种文体往往各具特点，可以看出变化，不是那么僵板，思想也比较深刻。总的来说，宋濂的文章具有较高的语言修养和纯熟的技巧，是明初文学风尚的典范。

刘基，字伯温，生活在元末明初，是跟随朱元璋创建明朝的开国元勋，曾给朱元璋出了很多好主意。刘基从小敏而好学，聪慧过人，由父亲启蒙识字。阅读速度极快，据说"读书能一目十行"。12岁时就考中秀才，乡间父老皆称其为"神童"。

1324年，14岁的刘基入府院读书。他跟着老师学习《春秋经》。

这是一部隐晦奥涩、言简义深的儒家经典,很难读懂,尤其初学童生一般只是捧书诵读,不解其意。刘基却不同,他不仅默读两遍便能背诵如流,而且能根据文义阐述自己的看法。

老师对这等奇异的事情大为惊讶,以为他曾经读过,便又试了其他几段文字,刘基都能过目而理解其中的意思。老师十分佩服,暗中称道"真是奇才,将来一定不是个平常之辈"!

朱元璋称帝后,刘基任御史中丞,兼任太史令,封为诚意伯。刘基擅长为文,特别是擅长写寓言,他写的《郁离子》共18章159篇,内容涉及社会、政治、经济和伦理道德等诸方面,揭露统治者的贪婪腐败。语言简洁明快,篇幅简短,含义深刻。

除了写《郁离子》,刘基还写有《司马季主问卜》《松声阁记》《卖柑者言》《工之侨为琴》等,其中《司马季主问卜》是仿效屈原的《卜居》的问答体,说明盛衰穷通是自然之理,宣传人灵于物的积极思想。

方孝孺是宋濂的学生,在宋濂众多的学生中,方孝孺的文章做得最好。他为人倔强,有气节。他的文章纵横豪放,犀利泼辣。其文章创作主要是各类杂著、政论、史论及读书记等,均富有特色。

方孝孺擅长写寓言体杂文,他的寓言体杂文多借助于生动的形象阐明事理。《蚊对》是一篇探讨生活哲理的论理杂文;《指喻》是一篇叙事论理的哲理文章。

《越巫》和《吴士》则通过叙述越巫自诩善驱鬼而被假鬼吓死以及吴士好夸言的故事,鞭挞了招摇撞骗、自欺欺人的越巫之流,也形象地揭示了骗人者始则害人、终则害己这一古训。叙事生动而简洁,立意正大而警策。

台阁派是出现在明初永乐、天顺年间的一种文学流派。其文章很多为应制、题赠、酬应而作。主要以杨荣、杨溥、杨士奇为代表。这些人均为台阁重臣，地位高，影响大。他们的文章，风格上讲究雍容典丽，但是千篇一律，使散文创作呈现出单调、空泛、沉闷、衰落的状态。

继台阁派之后，出现了茶陵派，茶陵派是明代第二个正式的文学流派。这个流派在散文创作上，起到了承前启后的作用。茶陵派的领袖是湖南茶陵人李东阳，因此称这个流派为"茶陵派"。

李东阳生活在明代中期，他做过侍讲学士、东宫讲官、礼部侍郎兼文渊阁大学士。他为文主张复古，最尊崇曾巩的文章。他的作品有《拟恨赋》《京都十景诗序》等。

进入明代中期，出现了两次诗文复古运动，领导者称为前后七子。前七子是指明代弘治、正德年间出现的李梦阳、何景明、徐祯卿、边贡、王廷相、康海、王九思，他们有基本相同的创作主张。其中以李梦阳、何景明为代表，最受推崇，被视为领袖，其诗文创作均有成就。

李梦阳为人刚正不屈，嫉恶如仇，因此，做官生涯颇为不顺。他的文章平稳、古朴。他写的《禹庙碑》，发幽古之情，文字端庄大方，词句宁静古朴。

后七子是指在明代嘉靖、隆庆年间出现的李攀

■ 方孝孺画像

大学士 明太祖朱元璋仿宋制设置华盖殿、谨身殿、英武殿、文渊阁、东阁等大学士，为皇帝顾问。又置文华殿大学士以辅太子。1659年，清朝廷将文馆与内三院统一且更名为内阁，其内阁设学士。

龙、王世贞、谢榛、宗臣、梁有誉、徐中行、吴国伦。他们的创作主张和前七子基本相同,其中以宗臣、王世贞为代表。宗臣为人禀性刚直,他的文章以颇深的造诣而闻名。

一般认为,后七子主张复古,文章缺乏生气,且枯燥难读,但宗臣的文章却常能突破拟古的习气,写一些感情真挚、内容充实、形式清新的佳作。

宗臣在《报刘一丈书》中绘声绘色地刻画了3种人物形象,虽然笔墨不多,却写得形神兼备、惟妙惟肖,有性情、有气势、有血肉,生动如画。文章叙事简洁,笔锋犀利,以讽刺之笔达到了穷形尽相的效果。

在前后七子之间,还有所谓的唐宋派。这一派继承唐宋诸大家古文传统,文章多富有文学意味,文从字顺,气韵流畅,平易近人。主要代表有王慎中、唐顺之、茅坤、归有光等人,其中成就最高、影响最大的是归有光和唐顺之。

阅读链接

刘基在民间的人气极旺。在一般人的心中,刘基是清官的代表,是智慧的化身,百姓的救星。相传,他能前知500年、后知500年,是个神仙级的人物。

明代开国皇帝朱元璋评价刘基:"刘基学贯天人,资兼文武;其气刚正,其才宏博。议论之顷,驰骋乎千古;扰攘之际,控御乎一方。慷慨见予,首陈远略;经邦纲目,用兵后先。卿能言之,朕能审而用之,式克至于今日。凡所建明,悉有成效。"

刘基还是个为文的大家。明人所辑的《诚意伯文集》中,有刘基散文323篇,诗歌1184首,词233首。《明史·刘基传》评论,刘基:"所为文章,气昌而奇,与宋濂并为一代之宗。"

体现时代的晚明小品文

明代后期,在公安派和竟陵派发展的同时,在散文领域逐渐形成了小品文的高潮,小品文代表了晚明散文所具有的时代特色。

顾名思义,小品文体制较为短小精练,体裁上则不拘一格,没有固定的格式,序、记、跋、传、铭、赞、尺牍等文体都可适用。

晚明时期,文人的文学趣味发生了很大的变化,人们的欣赏视线从往日庄重古板的大文章,转移到了轻俊灵巧而有情韵的小文章,这

张岱雕塑

《世说新语》

南朝时期的一部主要记述魏晋人物言谈逸事的笔记小说。由南北朝刘宋宗室临川王刘义庆组织一批文人编写的，梁代刘峻作注。全书原8卷，刘峻注本分为10卷，今传本皆作3卷，分德行、言语、政事、文学、方正、雅量等36门，记述自汉末到刘宋时名士贵族的逸闻轶事。

样就在客观上促进了小品文的发展壮大。

晚明小品文有的描写风景，有的杂记琐事，情趣盎然，风格各异，各显风采，其中尤以山水小品引人注目。这些小品独抒性灵，不拘格套，信笔写出，潇洒自如。

将写景、抒情、叙事、议论于一体，短小精悍，流丽清新，隽永飘逸，富于诗情画意，以平易流畅的语言自然地表现自己的真实情感。

晚明小品文的代表人物有江盈科、陈继儒、李流芳、祁彪佳，在他们后面的王思任、刘侗、张岱则把山水小品文推向了高峰，其中张岱成就最高，他是晚明小品文的集大成者。

王思任生于北京，20岁考上进士，做过陕西和安徽的地方官。一方面，他性情孤高，富有气节。另一方面，他为人滑稽，为文谐谑，好开玩笑。

王思任的山水小品文更多地继承了柳宗元的文风，借山水景物而传述出抒情主体的心魄。擅长写小情小景，风格清新活泼，语言明净澄澈，不避俚俗又

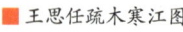
■ 王思任疏木寒江图

富于表现力。

主要作品有《小洋》《天姥》《游满井记》《游惠锡山记》《历游记》等，体格变幻，备极奇妍，不仅写景笔墨如绘，而且在恣肆狂放中时常杂有谐谑之语。

刘侗是湖北麻城人，41岁才考中进士，刘侗是个很有才华的作家，他的山水小品文独树一帜。他在北京居住多年，与朋友奕正合撰的《帝京景物略》，由一百二三十个短篇组成，积小品而成大品。

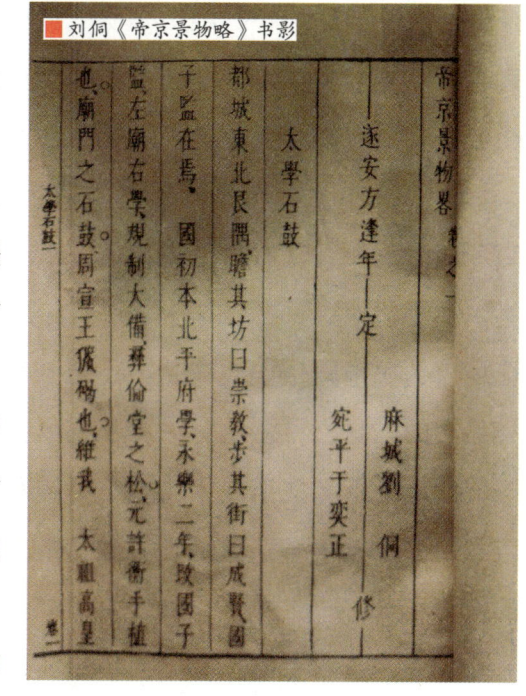

刘侗《帝京景物略》书影

此书广采博收，详记北京的城郊景物、园林寺观、名胜古迹、山水堤桥、陵墓祠宇，乃至风习节令、花草虫鱼，兼及一些人物故事，是一部文学色彩浓厚的方志书，又是一部优美的小品文结集。

《帝京景物略》视角独特，似乎从高处俯瞰大地颜色的变化、田间歌声的不同，生动地表现出劳动者的感受和心态。画面不是平面的，而是立体和多角度的，融《世说新语》之隽永、《水经注》之雅洁、袁宏道游记之灵趣于一炉。

清代学者纪昀在《帝京景物略序》中说：

> 其胚胎则《世说新语》、《水经注》，其门径则出入竟陵、公安，其序致冷俊，亦时复可观。盖竟陵、公安之文，虽无当于古之作者，而小品点缀，则其所宜。寸有所长，不容没也。

张岱生于1597年，经历了明、清两个朝代。青少年时期一直过着富贵荣华的生活。他兴趣广泛，喜好美食、艳衣、骏马、华灯、梨园、鼓吹、古董、读书等，其中对诗书很是着魔。

张岱是晚明小品文的集大成者，他的作品兼有"公安"和"竟陵"两派之长，又有自己的特色。著有小品集《陶庵梦忆》《琅嬛文集》《西湖寻梦》等。内容十分丰富，包括山川景物、亭台楼阁、社会风貌、民情民俗、戏曲杂艺、花木竹石、斗鸡走马等，大大拓展了小品文的题材。

张岱的小品文记载风物，不单纯写景叙事，而且讲究情趣神韵与诗意。张岱善于塑造意境，以独特的美学眼光和独特的文字渲染独特的审美心态。

此外，张岱写人物善于抓住最典型的言行，以简单的几笔就能将人物形象惟妙惟肖地跃然于纸上。他在记述琐事时，细腻入微，活泼多姿，耐人寻味。

张岱的小品文善用本色的语言，不重雕镂，不咬文嚼字，因而显得自然亲切，富有浓郁的生活气息，而且有着向时代靠拢的新气息。

阅读链接

张岱喜欢山水，癖于园林。这正是晚明文人名士标榜清高、避世脱俗的一种方式。无论山水，还是园林，张岱都崇尚清幽、淡远、自然、真朴。

这种审美意趣和追求，反映在他的小品中。他认为："西湖真江南锦绣之地。入其中者，目厌绮丽，耳厌笙歌。欲寻深溪、盘谷，可以避世，如桃源、菊水者，当以西溪为最。"

他认为古迹的一亭一榭、一丘一壑，布置命名，既要体现主人的儒雅学问，又要体现他的艺术个性和意趣情韵。这种见解和态度正是张岱的山水小品所追求的美学品位，也是他品诗论文的标准。

继承并发展的清代散文

历史进入清代，受到几千年文化熏陶的清代文人，一方面很好地继承了前朝的文化传统，另一方面又将自己的创新融入进去，似乎又创造出新的繁荣。

清初散文大致可分为"文人之文"和"学者之

■侯方域（1618年～1655年），字朝宗，明归德府人。明末清初著名文人。少年即有才名，参加复社，与东南名士交游。侯方域擅长散文，以写作古文雄视当世，与方以智、冒襄、陈贞慧合称"明末四公子"，与魏禧、汪琬合称"清初三大家"。著作有《壮悔堂文集》10卷，《四忆堂诗集》6卷。清初作家孔尚任撰《桃花扇》传奇剧本，即写侯方域与秦淮名妓李香君的爱情故事，反映了南明的兴亡。

> **经学** 原本是泛指各家学说要义的学问，后特指研究儒家经典，是一种解释其字面意义、阐明其蕴含义理的学问。经学是我国古代学术的主体，经学中蕴藏了丰富而深刻的思想，保存了大量珍贵的史料，是儒家学说的核心组成部分。

文"两大类，文人之文以侯方域、魏禧、汪琬为代表，当时的人称他们为"清初三大家"，其中侯方域被推为第一。

侯方域少年即有才名，才思敏捷，才气逼人，擅长作诗，尤其擅长古文，著作有《壮悔堂文集》10卷，《四忆堂诗集》6卷。侯方域的传记类文章常取用小说的表现手法，形成一种清新奇峭的风格。著名的人物传记是《李姬传》《马伶传》等。

学者之文以黄宗羲、顾炎武、王夫之为代表。黄宗羲是经学家、史学家，他主张写文章以抒发性情为主。他的散文剖析犀利，说理透彻，语言质朴，其成就主要体现在记叙文上。

顾炎武注重经学研究，反对空谈。他非常重视民族气节，是个有着强烈爱国心的人，写了很多有深刻见解的文章。他的散文代表作有政论《郡县论》《生员论》，亭台记有《复庵记》以及杂论《夸毗》等，文章语言朴实，含蕴深厚，具有强烈的现实性。

王夫之是明末的举人，喜欢读书写作，精于经学、史

■ 顾炎武（1613年～1682年），本名继坤，改名绛，字忠清；南都败后，改炎武，字宁人，号亭林，自署蒋山佣；南直隶苏州府昆山，即今属江苏省人。著名思想家、史学家、语言学家，与黄宗羲、王夫之并称为明末清初三大儒。

■ 魏源（1794年~1857年），清代启蒙思想家、政治家、文学家，近代中国"睁眼看世界"的先行者之一。名远达，字默深，又字墨生、汉士，号良图，汉族，湖南邵阳隆回人。魏源认为论学应以"经世致用"为宗旨，提出"变古愈尽，便民愈甚"的变法主张，倡导学习西方先进科学技术，总结出"师夷长技以制夷"的新思想。撰《筹漕篇》《筹齿差篇》和《湖广水利论》等。

学、文学、天文等。他的散文创作主要长于史论与哲学论文，著名的有《读通鉴论》《宋论》《知性论》等。

清中期，桐城派占据了散文的霸主地位。桐城派人数最多，时间最长，影响最大，由于先后有三位领导人物都是安徽桐城人，因此称之为桐城派。代表人物为戴名世、方苞、刘大櫆、姚鼐，后三者被称为"桐城三祖"。

戴名世可以说是桐城派的先驱，人称南山先生，写有人物传记、杂文小品、山水游记等。他的杂文，抒愤写意、酣畅淋漓、尖锐泼辣；叙事文，字里行间充满着浓挚的情感；山水游记，空灵超妙，给人超凡脱俗之感。

"桐城三祖"——方苞、刘大櫆、姚鼐文风有相同的地方，又有不同的地方。他们都注重章法的严谨、用语的雅洁，叙事写人善于抓住典型细节渲染、摹画以传其神，偏于追求阴柔之美，但他们的不同之处也很明显。

郡 古代行政区域，始见于战国时期。秦代以前比县小，从秦代起比县大。后汉时起，郡成为州的下级行政单位，介于州、县之间。隋代废除郡制，以县直隶于州。唐代的排列则是道、州、县。在明清时期称府。

方苞的散文理论主要是提倡"义法",义就是内容,法就是形式。对于内容,方苞要求醇正,对于形式,他讲究布局、章法、选辞、造句,提倡古朴简约,要求语言雅洁,反对俚语和俪语。代表作有《左忠毅公逸事》《狱中杂记》等。

刘大櫆的散文比方苞活泼,讲究辞藻,且富有感情,但蕴含的义理不如方苞的文章,内涵不深,底蕴不足,题材也不够丰富。

姚鼐是"桐城三祖"中成就最显著的,是桐城派的领袖、核心人物。1763年,姚鼐考中进士,历任山东、湖南副考官、刑部侍郎、《四库全书》编修官等。他广收门徒,影响更为长远。

姚鼐的散文创作风格偏向阴柔,以韵味取胜,于简洁严谨中力求悠闲舒缓,平淡自然。他擅长序、记、碑、传及书一类的写作,形象性较强,比方苞和刘大櫆的文章更有文采。《登泰山记》《游眉笔泉记》《李斯论》等都很有特色。其文法考究,语言雅洁,叙事写人,富有神韵。

晚清时期,散文也有了新的发展,这个时期的散文加强了文章的现实性和政治性。在表达形式上,此时期散文更加自由多样、新鲜活泼,语言则尽量浅显易懂,体现了近代散文的艺术特点。魏源、龚自珍等人开创了启蒙时期。

■ 龚自珍(1792年~1841年),字璱人,号定庵,后更名为易简,字伯定;又更名为巩祚,号定庵;近代思想家、文学家。汉族,仁和(今浙江杭州)人。出身于世代官宦学者家庭。他的诗文主张"更法""改图",揭露清统治者的腐朽,洋溢着爱国热情,被柳亚子誉为"三百年来第一流"。著有《定庵文集》,留存文章300余篇,诗词近800首,今人辑为《龚自珍全集》。著名诗作《己亥杂诗》共315首。

■ 梁启超（1873年~1929年），字卓如，一字任甫，号任公，又号饮冰室主人、饮冰子、哀时客、中国之新民、自由斋主人，广东新会人，清光绪举人。我国近代史上著名的政治活动家、启蒙思想家、教育家、史学家和文学家、学者。戊戌变法领袖之一。和其师康有为一起，倡导变法维新，并称"康梁"。

龚自珍是道光时期的进士，曾任礼部主事。他的文章不讲宗法，凡经、史、诸子百家无不融贯，题材广泛，立意新鲜，个性鲜明，多具时代特色。

龚自珍总是带着批判的眼光，从政治、社会的高度看问题，文章内容多关于时政，或议论，或讽刺，或一般记叙，语言风格活泼多样，尤以纵横恣肆、透彻明快著称，开创了有别于桐城派的散文风气，标志着清代散文的转折。

龚自珍的名篇《病梅馆记》是一篇寓言性杂说。文章从题目到正文，无一处不在谈论梅树，而实际上表现的是一种对个性与自然的尊崇，表达了作者向往人格自由、渴望社会变革的愿望。

晚清时期，康有为和梁启超是散文界最有影响力的名家，他们的散文代表报章体的鼎盛。康有为是资产阶级改良派的领袖，是重要的政治活动家和思想家，他的政论文深切分析时势，宣传变法维新，气魄宏伟。

梁启超是光绪时举人，是康有为的弟子，也是资产阶级改良派的领袖，著有《饮冰室合集》，曾主编《时务报》《新民丛报》《新小说》等报刊。在散文方面，梁启超提出"文界革命"的口号，一方面他大力斥责桐城派和八股文，另一方面通过报刊大写新体文章。

梁启超的文章半文半白，夹以俚语、韵语和外国语法，条理清晰，通俗易懂，便于表达新思想、新事物，讨论新问题。由于他的多数文章发表于《新民丛报》，因此称"新民体"。这种"新民体"为晚清的文体解放和五四白话文运动开辟了道路，影响巨大。

最能代表"新民体"的文章是《少年中国说》。文章风格恣肆而又平易畅达，有骈文，有散体，或单行，或排比，句式参差变化，条理清晰，笔锋包含感情，充分体现了"新民体"的特色和优点，也体现了一种新的散文样式。

新民体是一种介于古文与白话文的文体，为梁启超受桐城派古文与明清小说文体影响而创造。新民体杂糅桐城派古文与《三国演义》等小说文体，在清末为厌倦八股文程式的青年才俊所激赏，传播很广。另外，梁启超采用拿来主义，直接引入当时日本汉字，譬如"组织""政治""经济""哲学"等，大大丰富了我国近代词汇。

阅读链接

梁启超在文学创作上有多方面成就，散文、诗歌、小说、戏曲及翻译文学方面均有作品问世，其中尤以散文影响最大。

梁启超散文"新文体"是五四以前最受欢迎、模仿者最多的文体。

1905年，梁启超写《俄罗斯革命之影响》一文，文章以简短急促的文字开篇，如山石崩裂，似岩浆喷涌："电灯灭，瓦斯竭，船坞停，铁矿彻，电线斫，铁道掘，军厂焚，报馆歇，匕首现，炸弹裂，君后逃，辇毂塞，警察骚，兵士集，日无光，野盈血，飞电判目，全球拚舌，于戏，俄罗斯革命！于戏，全地球唯一之专制国遂不免于大革命！"

然后，以"革命之原因""革命之动机及其方针""革命之前途""革命之影响"为题分而析之，丝丝入扣。文章气势磅礴，极有说服力。